「ことば」に殺される前に

高橋源一郎
Takahashi Genichiro

河出新書
029

目次

「ことば」に殺される前に　7

歩きながら、考える　25

その人　27

8月6日の朝に　32

降り注ぐ「ことば」　37

ニッポンの原爆　43

「正しい」考え　49

「壁」の向こうから　55

「隣の国のことばですもの」 61
オリンピックと学徒出陣 67
「文藝評論家」小川榮太郎氏の全著作を読んでおれは泣いた 73
午前0時の小説ラジオ 85
メイキングオブ『「悪《あく》」と戦う』 87
第1夜／第2夜／第3夜／第4夜／第5夜／第6夜／第7夜／第8夜／第9夜／第10夜／第11夜／第12夜／第13夜
わからなくっても大丈夫 175
昭和以降に恋愛はない 181

楽しい政治　189
学生たちに教わる、子どもたちに育てられる、自分の作品の読者になる　196
門外漢の言　203
メメント・モリ　213
戦争と正義と愛国　222
A・Tさんへの私信　233
「東京都青少年の健全な育成に関する条例」なんかで青少年が健全に育成できると思ってんのかよ　239
愚行について　250
国旗と国歌　261
入試カンニング問題と大学　268

「祝辞」――「正しさ」について 276
おれは、がんばらない 283
公的と私的 289
ぼくたちの間を分かつ分断線 297
祝島で考えたこと 304
世界一素敵な学校 313
おわりに 323

「ことば」に殺される前に

＊書き下ろし

この本は、本来、生まれないはずの本だった。最初に、そのことを書いておきたい。

2010年、どのようなものなのかよく知らないままに、ぼくは、ツイッターを始めた。ツイッターというものがあるらしい、とか、SNSというものがあるらしい、ということは聞いていた。けれども、やってみる気にはなれなかった。

デジタルとか、インターネットとか、パソコンというものは、ぼくにとって敷居《しきい》が高いものだった。自分にはよくわからない、ちょっと触ってみても、結局、勘違いしてしまうものだった。ぼくは、機械類一般にうとい。だから、原稿を書いて、メールで送る、ぼくにとって、パソコンの用途は、ほぼそれだけに限定されていた。

なぜ、ツイッターを始めたのかは、よく覚えていない。なんとなく、というのがいちばん大きな理由だったと思う。たちまち、ぼくは夢中になった。

ここには「ことば」がある、と思った。

もちろん、人間が生きる場所にはすべて、「ことば」が存在している。だが、そこでは、かつて見たことがないほど、「ことば」が生き生きとしていて輝き、流れている。あるいは、生成しているように見えた。

パソコンの画面の上で、誰か個人が発するひとつの「ことば」が、目の前で生まれ、たちまち膨大な「ことば」の群れとなって、流れゆくのが見えた。それらの「ことば」は、一瞬も止《とど》まることなく、ぼくの目の前を通りすぎていった。

ときには、それらの「ことば」が別の「ことば」を産み、一つの「ことば」の前に、多くの人たちがたたずんで、その、一つの「ことば」を中心にして、また別の「ことば」の流れが生まれ、放射状に広がってゆくこともあった。大きな中心があり、小さな中心があり、ただ生まれて、消えるだけの、小さな点のような「ことば」もあった。

そこには、「ことば」の階級はなく、無名な人間の呟く「ことば」が、一瞬のうちに拡散されて、人びとの間で共有されていった。

また、そこでは、「ことば」は売り買いされるものでもなかった。誰か個人が所有し、独占するものでもなかった。

もし、「ことば」の世界に、デモクラシー（民主制）があるのだとしたら、ここなのかもしれない。ぼくは、そんなふうに考えた。
無関係な人びとが、公共の路上をただ歩くように、「ことば」たちも、公共の道路を歩いていた。あるいは、それは、休日の歩行者天国のようにも見えた。こんなにもたくさんの人びとがいたのか。そして、みんな、「ことば」を持っていたのか、と思った。あるいは、そこでは、「ことば」は、人そのものであるようにも見えた。

「正午

丸ビル風景

あゝ十二時のサイレンだ、サイレンだサイレンだ
ぞろぞろぞろぞろ出てくるわ、出てくるわ出てくるわ
月給取の午休《ひる》み、ぷらりぷらりと手を振つて
あとからあとから出てくるわ、出てくるわ出てくるわ
大きなビルの真ッ黒い、小ッちやな小ッちやな出入口
空はひろびろ薄曇り、薄曇り、埃りも少々立つてゐる

ひよんな眼付で見上げても、眼を落としても……
なんのおのれが桜かな、桜かな桜かな
あ、十二時のサイレンだ、サイレンだサイレンだ
ぞろぞろぞろぞろ、出てくるわ、出てくるわ出てくるわ
大きいビルの真ッ黒い、小ッちやな小ッちやな出入口
空吹く風にサイレンは、響き響きて消えてゆくかな」
（中原中也『在りし日の歌』）

ほんの少し前までは、街頭にほとんど人がいなかった。だが、十二時のサイレンと共に、ビルの中にいた人びとが一斉に街に出てくる。こんなにもたくさんの人びとがいたのだ。隠れていたのだ。そして、みんな生きているのだ。中原中也の詩である。

誰もが見たことのある、当たり前の風景が、ここでは光の中に浮かびあがっている。この人たちは、一散に自分の目標に向かって歩いている。昼飯を食べに行こうとしているのだろうか。だから、他の人たちには関心を払わない。お互いに無関心な人たちだ。都会とは、公共とは、そういう場所だ。

歩行者天国を歩く人も、そうだ。どこかへ向かって歩いている。それぞれに、何かの理

由を持って。あるいは、なにかを探し求めて。そういう場所に、ギターを抱えて立っている若者がいる。懸命に歌うけれど、その前を、すたすた人びとは歩いてゆく。振り向きもしないで。時々、ほんの少し、数人の閑人《ひまじん》が足を止めて、耳をかたむけているだけで。あるいは、数人（いつも数人だ）の熱心なファンが、座って懸命に応援している。でも、大多数の人たちは、ただ通りすぎる。

そういう場所に立って、通りすぎる人たちに、「ことば」を送りたいと思った。少しでも振り向いてもらえたら、うれしい。

もちろん、ぼくは作家として、「ことば」を作り、送り、届けている。その場所では、ぼくはもう、プロとして「ことば」を売る者だ。そうではなく、街頭に立っている者として、通りすぎる人びとの足を止めてみたい、と思ったのだ。

2010年にツイッターを始めたとき、原則として決めたことがいくつかある。

① 自分が作り出せる、最高の質の「ことば」を送ること。
② お金を発生させないこと。
③ その「ことば」は、この公共の通路に、ただ放流されるものなので、後は追わず、

もちろん、出版もしないこと。

④　メモはとるが、即興で書くこと。

⑤　ツイッターは一回に140字しか書けない。それでは短いと感じたときには、できうる限り、連続して、長く書くこと。

⑥　その「ことば」に反応があったときには、できうる限り応答すること。

⑦　ここで発される「ことば」は、できうる限り「肯定的」なものにすること。

⑧　ここで発された「ことば」に誤りがあった場合は、できうる限り素早く、訂正し、謝罪すること。

こんなふうにして、ぼくは、ツイッターを始めた。2010年から2011年にかけてのおよそ2年間、ぼくは夢中になって、「ことば」を送りつづけた。その頃書いたもののの初出の多くは、ツイッターであり、その後に書き直したものが多かった。

だが、やがて、ぼくがツイッターを更新する回数は減っていった。理由はいくつかある。

①　慣れてしまったこと。

②　飽きてしまったこと。

③ 意義を見出せなくなったこと。
④「そこ」が変わったように感じられたこと。

かつて、ツイッターは、中世のアジール（聖域）のように、特別な場所、自由な雰囲気が感じられる場所であるように思えた。共同体の規則から離れて、人びとが自由に呼吸できる空間だと思えた。だが、いつの間にか、そこには、現実の社会がそのまま持ちこまれて、とりわけ、現実の社会が抱えている否定的な成分がたっぷりと注ぎこまれるような場所になっていた。もちろん、かつて素晴らしいものに思えたことも、それが、まるで異なったものに変質してしまったように見えたことも、どちらも、ぼくの、単なる勘違いにすぎないかもしれなかったのだが。

やがて、ぼくのツイートは間遠になり、きわめて個人的な呟きばかりになっていった。ときに、積極的にツイートすることがなかったわけではなかったが、それも、僅《わず》かの間のことで、すぐに元に戻った。

ぼくは、街頭に立ってギターを弾く「若者」ではなく、その「若者」を横目で見て、なにも見なかったかのように通りすぎる歩行者のひとりになっていたのだ。

いや、ギターを弾く「若者」も徐々に姿を消し、いつの間にか、その数を増やしていた、大声で叫ぶ、いくつもの集団、あるいは声の大きな人間が怒声《どせい》を発する現場を、下を向き、なにも関係ない顔つきで通りすぎる歩行者になっていた。

なにかをいうべきなのかもしれない、と思った。だが、なにをいえばいいのか、ぼくにはわからなかった。いったとしても、聞いてはもらえないかもしれないのだ。

＊

２０２０年、「新型コロナウイルス」がやって来て、多くの人たちの生活が変わった。ぼくの生活も、もちろん。

その中で、一冊の本が、広く、深く、読まれた。アルベール・カミュの『ペスト』である。広く読まれた理由は、もちろん、「ペスト」が、「新型コロナウイルス」と同じ、世界規模の感染症だったからだ。しかし、深く読まれた理由は、異なっているし、明確でもない。そもそも、カミュの『ペスト』は、ドキュメンタリーではなく、フィクションだったのだ。

ぼくにとっても驚きは大きかった。読み返すのは、ほぼ半世紀ぶりだった。最初に読んだ頃には、「ペスト」とは、この小説が書かれる直前に終わった「第二次世界大戦」、「戦争」の比喩である、そう読むのがふつうだった。

しかし、今回は、もっと別の箇所が、目覚ましく浮かび上がってくるのを感じた。おそらく、著者がもっとも読んでもらいたかったのは、この箇所だったのだ、と思えた。

登場人物のひとりタルーが、主人公の医師リウーに、こう告げるシーンだ。

「時がたつにつれて、僕は単純にそう気がついたのだが、ほかの連中よりりっぱな人々でさえ、今日では人を殺したり、あるいは殺させておいたりしないではいられないし、それというのが、そいつは彼らの生きている論理のなかに含まれていることだからで、われわれは人を死なせる恐れなしにはこの世で身振り一つもなしえないのだ。まったく、僕は恥ずかしく思い続けていたし、僕ははっきりそれを知った——われわれはみんなペストの中にいるのだ、と。……中略……僕は確実な知識によって知っているんだが（そうなんだ、リウー、僕は人生についてすべてを知り尽していている、それは君の目にも明らかだろう）、誰でもめいめい自分のうちにペストをもっているんだ。なぜかといえば誰一人、まったくこの世に誰一人、その病毒を免れているものはないからだ。そうして、引っきりなしに自分で警戒していなければ、ちょっとうっかりした瞬間に、ほかのものの顔に息を吹きかけて、病毒をくっつけちまうようなことになる。自然なものというのは、病菌なのだ。そのほかのもの——健康とか無傷とか、なんなら清浄といってもいいが、そういうものは意志の結果で、しかもその意志は決してゆるめてはならないのだ。りっぱな人間、つまりほとんど誰にも病毒を感染させない人間とは、できるだけ気をゆるめない人間のことだ。しかも、そのためには、それこそよっぽどの意志と緊張をもって、決して気をゆるめないようにしていなければならんのだ」（アルベール・カミュ、宮崎嶺雄訳『ペスト』新潮社）

人間はみんな、「ほかのものの顔に息を吹きかけて、病毒をくっつけちまう」。このとき、吹きかけられる「息」とは、「ことば」に他ならない。「ことば」こそが、人間たちを感染させ、殺してゆく元凶だったのだ。

もちろん、これを書いたとき、カミュは、インターネットの存在も、SNSも知らなかった。けれども、いまこの文章を読むと、ぼくたちは、タルーの（カミュの）「ことば」が、ある種の「炎上」といわれる現象、一つの事件、あるいは「ことば」をきっかけにして、集中的に、憎しみや否定の「ことば」が投げつけられる現象についての詳細な報告のようにも感じることができる。いうまでもなく、それは、「ことば」というものが持たざるをえない宿命でもある。

「ことば」は武器になる。相手を攻撃し、打ち倒すために、特に力を発揮する武器にである。カミュは、この認識を、彼自身の経験から導きだした。


第二次世界大戦が始まってドイツはフランスに侵攻し、占領した。ドイツは、「ドイツの正義」(と信じられるもの)の下にユダヤ人や、抵抗するレジスタンスのフランス人を虐殺した。ドイツが敗《やぶ》れると、抵抗していた人たちだけではなく、かつては黙ってドイツに従っていた人びとも、いつしか立場を変え、「フランスの敵」として、フランス人の「対独協力者」たちを粛清《しゅくせい》した。「フランスの正義」の名の下にである。

ドイツに抵抗するレジスタンスは、資本主義を信奉する(「資本主義」あるいは「自由主義」という正義を信奉する)右派と資本主義を打倒することを目標としていた(「共産主義」や「社会主義」という正義を信奉する)左派との連合組織だった。

同じ敵を抱《いだ》いていた両派は、ドイツが敗れると、すぐに、お互いを倒すことに熱中しはじめた。その左派の中でも、自分こそが唯一の正しさを持っていると自負する党や集団が、別の党や集団を激しく攻撃した。フランス植民地であったアルジェリアで、独立運動家たちが叛乱《はんらん》を起こすと、意見を異にしていたはずの左派と右派が、再び、別々の論理で、「反フランス」的な暴動を厳しく批判した。そのときには、反目《はんもく》し合っていた両派は、「フランス」という国家の正義の名の下に団結した。

カミュは、いつもその渦中《かちゅう》にいた。決して傍観者にはならず、なにかの名の下での「正義」、自ら信奉するものへの反対者を「敵」と認定し、抹殺《まっさつ》しようとする試みに反対しつづけた。なによりも、「ことば」を、粛清の、否定の「武器」とすることに反対しつづけた。

カミュが深く政治にコミットした、その全期間において、実際に、物理的に、反対者を粛清しようとする試みは、まず「ことば」による殲滅《せんめつ》が先行したからである。いや、「ことば」によって相手を否定しようとする者は、やがて、自らの、その否定の「ことば」によって、自身が蝕まれてゆくのである。

ヴィリジル・タナズは、伝記『カミュ』（大西比佐代訳／祥伝社）の中でこう書いている。

「世界で初めて使われた原子爆弾が敵国の都市を破壊したことを称《たた》える『熱狂的コメントが引きも切らない最中《さなか》』、カミュはこれに同調せず、原子爆弾が人類にもたらす『恐ろしい未来』について書いた。

機械文明は最高度の野蛮に達した。近い将来、集団自殺をするか科学の成果を賢く使うか、どちらかを選択する必要が出てくるだろう。

カミュの書く論説はフィクションではないが、労力を要した。明日の版が出るころには今日の版は忘れ去られる日刊紙とは異なり、文学作品は長く読み継がれるがゆえに著者の責任もその場限りでは済まない。だから、一語一語が真実に迫るよう努め、一文一文は明晰かつ正確に伝えたい思いを可能な限り体現しようとする。カミュは、論説にも文学作品に対するのと同じ姿勢で臨んでいたのである」

カミュは、その紡《つむ》ぐ「ことば」が、論説やエッセイであろうと、彼自身の偉大な文学作品と同じ労力を注ぐことをいとわなかった。「ことば」こそ、自分が拠って立つ場所であることを知っていたからだ。

「りっぱな人間、つまりほとんど誰にも病毒を感染させない人間とは、できるだけ気をゆるめない人間のことだ。しかも、そのためには、それこそよっぽどの意志と緊張をもって、決して気をゆるめないようにしていなければならない」なかったのだ。

カミュは、あらん限りの力と繊細さをこめ、新聞「コンバ」を中心にして、論説を書いた。社会や公共へと受け渡す「ことば」にも、文学と同じ労力をさいて。けれども、社会は、カミュの「ことば」を拒《こば》んだ。

左派にも右派にも属さず、あるかもしれない「真実」を目指して刊行されていた新聞「コンバ」は、党派色の濃い、旗幟《きし》鮮明《せんめい》な左右の新聞に読者を奪われていった。

1947年6月3日、カミュは「コンバ」に最後の社説を掲載し、編集長を辞職することを公表した。『ペスト』の刊行は、その10日後のことだ。

カミュは、国籍を問われとき、こう答えた。

「ええ、ぼくには祖国があります。それはフランス語です」

カミュの名を世界に知らしめたのは、デビュー作『異邦人』だった。主人公ムルソーは、どこにいても、自分が「異邦人」であると感じる。どんな国家にも、どんな民族にも、所属できない。どんなイデオロギーや倫理や慣習にも服従することができない。どんな正義も、それが「正義」であるだけで、彼は、従うことができないと感じるのである。そんなムルソー＝カミュが、唯一、生きることが可能だったのは、その作品の中、フランス語という「ことば」が作り出した束《つか》の間《ま》の空間だった。その空間だけが、彼を「等身大」の人間として生きさせることができた。フランス語という「ことば」が作り出した、束の間の、「文学」という空間。「文学」はあらゆるものでありうるが、自らが「正義」であるとは決して主張しないのである。「ことば」は人を殺すことができる。だが、そんな「ことば」と戦うことができるのは、やはり「ことば」だけなのだ。

＊

最後に、本の構成について書いておきたい。

この本におさめられたものは、すべて、「社会」で起きた、あるいは、起きている、様々な問題について、ぼくから、その「社会」へ向けて発信されたメッセージだ。ぼくがふだん書いている小説や、文芸、文化に関する批評や評論とは異なった「ことば」づかいになっていると思う。

「社会」が視野に入ると、とたんに、話題は「大きい」ものになる。使う「ことば」も、「大きい」ものになる。「大きい」ものに触れながら、それでも、「小さい」ことを忘れないようにしたい、といつも思ってきた。そのように受けとってもらえたなら、幸いだ。

最初のパート、「歩きながら、考える」は、断続的に、新聞に連載されたものを集めた。

文字どおり、ある問題と深い関連を持つ場所を訪ね、そこで考えたものだ。

二つめのパート、「「文藝評論家」小川榮太郎氏の全著作を読んでおれは泣いた」は、文芸誌から、ある事件について緊急の寄稿を求められて書いたものだ。「社会」の問題と「文学」の問題を同時に読み解く試みとして読んでもらえるとうれしい。

三つめの、そして、もっとも長いパートは、ツイッター上に「放流」された「ことば」たちのうち、毎回、「午前0時の小説ラジオ」というタイトルで書かれたものを集めた。ツイッターには、それ以外にもたくさんのことを書いたが、今回、載せることにしたのは、そのうちの、「ラジオ」の部分である。

ツイッターの文章は、前に記した、8つの原則の下に書かれている。今回、「本として出版しない」という原則を破ることにしたのは、その原則を作ったときとは、ツイッターという装置の意義が、ぼくにとっては異なったものになってしまったからだ。もう二度と会うことはないと思った友人と出会ったような気がしている。

どの「ことば」も、みなさんに読んでもらったときに完結するものだ。それらの「ことば」が、みなさんのどこかに引っかかるなら、書き手として、それ以上、喜ばしいことはない。

歩きながら、考える

＊初出＝朝日新聞「歩きながら、考える」
収録に際して、タイトルを変更の上、一部加筆修正をしております。肩書きなどは掲載時のままとしました。「掲載日」は各回の文末に記載。

その人

12月23日、わたしは朝から、一般参賀《いっぱんさんが》を待つ人たちの長い列の中にいた。観光客と思われる外国人の姿も多かった。定刻になると、係の警官たちに促されるように、わたしたちは、皇居の中に入っていった。皇居に入るのは初めての経験だった。

午前10時を過ぎて、広場に面した宮殿のベランダに、「その人」が現れた。一斉に、日の丸の小旗が振られたが、それは、もしかしたら、写真を撮るために向けられたスマートフォンの数よりも少なかったかもしれない。

「その人」は、小さな紙を取り出して、静かに読みあげた。

「誕生日にあたり寄せられた祝意に対し、深く感謝いたします。ニュースで伝えられたように、昨日は新潟で強風のなか、大きな火災がありました。多くの人が寒さのなか避難を余儀なくされており、健康に障《さわ》りのないことを願っています。冬至が過ぎ、今年もあとわずかとなりましたが、来年が明るく、また穏《おだ》やかな年となることを案じ、みなさんの健康と幸せを祈ります」

「その人」とその家族は、何度も手を振り、やがて、ベランダを背にした。その姿を見ながら、わたしは表現し難い感情を抱いた。そして、半世紀以上も前に書かれた、ある文章を思い出した。

1947年1月、「進歩派」の代表的な作家・中野《なかの》重治《しげはる》は「五勺《しゃく》の酒」という文章を雑誌に発表し、大きな話題となった。中野は、憲法公布の日、それを告げる天皇の姿を皇居前で見たある中学校長の思い、という形でその文章を書いた。それは、奇妙な文章でもあった。天皇（制）批判が「進歩派」の普通の感覚であった時代に、中野はこう書いていたのだ。

「だいたい僕は天皇個人に同情を持っているのだ……あそこには家庭がない。家族もない。どこまで行っても政治的表現としてほかそれがないのだ。ほんとうに気の毒だ……個人が絶対に個人としてありえぬ。つまり全体主義が個を純粋に犠牲にした最も純粋な場合だ。どこに、おれは神でないと宣言せねばならぬほど蹂躙《じゅうりん》された個があっただろう」

個人の人権を尊重した憲法の公布を告知する天皇の姿に触れながら、誰も、その天皇自身の「人権」には思い至らない。その底の浅い理解の中に、中野は、民衆の傲慢《ごうまん》さと、「戦後民主主義」の薄っぺらさを感じとったのである。

わたしが、手を振る「その人」たちを見ながら感じた思いも、中野のそれに近いものだったのかもしれない。中野の指摘に、誰よりも敏感に反応したのは、実は、いまの明仁《あきひと》天皇（現上皇）だったのではないか。わたしには、そう思える。明仁天皇が、中野の文章を読んでいるのかどうかはわからないが。

明仁天皇は、天皇即位後、25万字にのぼる「おことば」を発表している。明仁天皇の、第一の「仕事」とは、「おことば」を発することなのだ。ここしばらく、わたしは、その、膨大な「おことば」を読んで過ごした。そこには、迷い、悩み、けれども愚直に世界とことばで対峙《たいじ》しようとしている個人がいるように思えた。

美智子《みちこ》妃と結婚する直前、皇太子時代に、こんなことを友人にしゃべった、と伝えられている。

――ぼくは天皇職業制をなんとか実現したい。（略）毎日朝10時から夕方の6時までは天皇としての事務をとる。そのあとは家庭人としての幸福をつかむんだ――

その願いが完全に実現することはなかったが、少なくとも、中野が案じた「家庭」をつくることはできたのだ。

「天皇という立場にあることは、孤独とも思えるものですが、私は結婚により、私が大切にしたいと思うものを共に大切に思ってくれる伴侶《はんりよ》を得ました」（２０１３年・80歳の誕生日会見）

では、その「孤独」と思える「天皇という立場」とは何なのだろうか。

昨年8月、明仁天皇は「象徴としてのお務め」に関しての「おことば」を出された。

「……天皇という立場上、現行の皇室制度に具体的に触れることは控えながら、私が個人として、これまでに考えて来たことを話したいと思います。即位以来、私は国事行為を行うと共に、日本国憲法下で象徴と位置づけられた天皇の望ましい在り方を、日々模索しつつ過ごして来ました」

憲法は天皇を、日本国と日本国民の統合の象徴としている。

では、「象徴」とは何だろうか。国旗や国歌がその国の象徴とされることは多い。だが、わたしたちの国のような形で生身《なまみ》の人間をその国の象徴と規定する例を、わたしは、ほかに知らない。そんな、個人が象徴の役割を務める、きわめて特異な制度の下にあって、その意味を、誰よりも真剣に、孤独に考えつづけてきたのが、当事者である明仁天皇本人だった。「個人」として、「象徴」の意味を考えつづけた明仁天皇がたどり着いた結論は、彼がしてきた行いと「おことば」の中に、はっきりした形で存在している。

「私はこれまで天皇の務めとして、何よりもまず国民の安寧《あんねい》と幸せを祈ることを大切に考えて来ましたが、同時に事にあたっては、時として人々の傍《かたわ》らに立ち、その声に耳を傾け、思いに寄り添うことも大切なことと考えて来ました」

「その人」が訪れるのは、たとえば被災地だ。そこを訪れ、被災者と同じ「目線」でしゃべることができるように、「その人」は跪《ひざまず》くのである。「その人」は、弱い立場の人たちのところに行って励《はげ》まし、声をかける。それから、もっと大切にしている仕事がある。それは「慰霊《いれい》」の旅だ。「その人」は、繰り返し、前の戦争で亡くなった人たちの「いる」場所に赴《おもむ》き、深い哀悼《あいとう》の意を示す。

弱者と死者への祈り。それこそが「象徴」の務めである、と「その人」は考えたのだ。

戦後71年。この国の人びとは、過去を忘れようと、あるいは、都合のいいように記憶を改竄《かいざん》しようとしている。だが、健全な社会とは、過去を忘れず、弱者や死者の息吹を感じながら、慎《つつ》ましく、未来へ進んでゆくものではないのか。個人として振る舞うことを禁じられながら、それでも、「その人」は、ただひとりしか存在しない、この国の「象徴」の義務として、そのことを告げつづけている。だが、70年前、中野重治が悲哀をこめて書いたように、その天皇がほんとうには持つことのなかった「人権」について考えられることはいまも少ないのである。

（2017年1月19日）

8月6日の朝に

昭和20年（1945）7月1日付の「(全国) 時刻表」は、B3用紙ほどで裏表1枚しかない。

その、敗戦前最後の時刻表に、京都発21時30分の便が記載されている。この列車は、京都を出発した後、明石・姫路間で午前0時を迎える。夜明け前の4時31分に尾道《おのみち》を出発、終点の広島に到着するのは朝7時58分。それが8月6日だとしたら、原爆投下の17分前に着いていたことになる。爆心地に近かった広島駅は大きな被害を受けた。だとするなら、その列車の乗客はどうなったのだろう。

当時は、時刻表通りの運行は困難で、大半の列車は遅延していただろうといわれている。もしかしたら、その列車は、どこか途中の駅で足止めを食っていたのかもしれない。だが、少なくとも、その列車は尾道を出て広島に向かったはずだとわたしは考えている。6日の早暁、その列車に乗るために、わたしの母は尾道駅に出かけ窓口に並んだが、列の1人前で切符が売り切れ、乗ることができなかった、と聞いているからだ。

わたしは、その、母の「広島行きの列車に乗れなかったから命拾いをした」という話を、幼い頃から繰り返し、聞いて育った。そして、そのことに特別の感慨を持つことはなかった。

すっかり忘れていた、母のこのエピソードを思い出したのは、一本のアニメ映画を見たからだ。『この世界の片隅に』である。

こうの史代の原作マンガを片渕須《かたぶちす》直《なお》が監督したこのアニメの主人公は、浦野《うらの》すずという少女だ。すずは、大正14年（１９２５）に広島市の南、江波《えば》という海沿いの町に生まれ、昭和19年（44）、広島県呉《くれ》市の北條《ほうじょう》家に嫁《とつ》ぎ、北條すずとなる。戦争下での穏やかな日々は、戦況の悪化とともに、過酷なものに変わってゆく。

『この世界の片隅に』は、当時どこにでもいたであろう一人の若い女性の視点を通じて、人びとの日常生活を淡々と描いた。そして、戦争がどれほど生活に食いこんできても、人びとの、生きるという根本を変えることはできないことを、わたしたちに伝えている。

映画の終わり近く、投下された爆弾のためにすずは深く傷つく。いったんは広島の実家に戻ろうと考えたすずだったが、結局、呉の婚家に残ることを決意する。そして迎えた6日の朝。表が急に明るくなる。一瞬の静寂の後、家が揺れ、山の向こうにきのこ雲が広がってゆくのを、すずは見るのである。

そのシーンを見ながら、わたしは、ここにも「原爆投下から奇跡的に逃《のが》れることができた女性」がいた、と感じた。くしくも、母は、すずの1歳年下だった。

先日、呉と広島を訪ねた。ひとりは実在の、もうひとりは想像上の、ほぼ同じ年頃の女性の残した跡を追うためだ。

出かける直前、亡くなる数年前に母がわたしに送ってきたが、そのまま開けることなく放置していた、原稿用紙219枚にわたって書かれた、母の「自伝」を初めて読んだ。そこには、わたしの知りたかった戦争中の出来事や暮らし、人びとの心理についてはほとんど書かれてはいなかった。

8月6日に広島行きの列車に乗れなかったこと、そして、後になって広島から無残な姿の被爆者たちが列車に乗って現れたことが、簡明に記述されていた。母は戦争中、動員されて広島の陸軍兵器補給廠《しょう》に勤めていたが、ホームシックになって実家のある尾道に戻り、6日早朝に、広島に戻ろうとしたのである。

映画の北條家があったと思われる場所の近くで、映画と同じ形の港湾《こうわん》を見つめ、呉から移動して、広島駅から母がたどったであろう陸軍兵器補給廠への道を歩いた。現実の母親が歩いた道と、想像上の人物であるすずが歩いた道が、わたしの足もとで交差したとき、わたしは不思議な感慨を抱いた。

それは、『この世界の片隅に』の世界が、観終《みお》わった後も、時間がたつほど強い実在感を持って迫ってくるのに、現実に存在したはずの母の「戦争」が、広島を実際に歩いたのに、ひどく淡いものにしか感じられなかったことだ。

母にとって、戦争はたまたま遭遇した「天災」だったように思える。いや、母だけではなく、その時代を生きた人びとの多くにとって、戦争は、ただの日常に過ぎなかった。通りすぎてしまえば、次にやって来る再建の日々こそが大切なのだ。過去に拘泥《こうでい》するより、そんなものは忘れて、いまと未来を生きること、それが彼らの願いだったのかもしれない。だから、彼らは、過去を忘れた。過去は単なる思い出話になったのである。『この世界の片隅に』が異例のヒットになったのは、そこに、みんなが忘れたはずの「過去」が生々しく存在していると感じられたからではないだろうか。誰の「過去」が？　わたしたち日本人すべてにとっての「過去」が、である。

いつしか、わたしたちは、「過去」のない人間、自分がどこから来たのかを知らず、それ故、どこに向かうのかを想像できない人間になっていたのかもしれない。だが、それでいいのだろうか。過去を失うとき、わたしたちは未来もまた失うのではないのだろうか。

美しくも切ない、一本の映画の中で、作者たちは、記録と記憶を探り出し、「過去」を一から創り出そうとしているように見えた。

広島に、原爆を落とした国の大統領が訪問して「和解」のことばを語り、また、突然、「核」が現実の脅威として語られはじめた。だが、そこで行われるどんな議論を読んでも、わたしにはどこか底の浅さが感じられた。それは、もしかしたら、わたしたちが「過去」を失い、どんな痛切な経験から来たことばも他人事《ひとごと》のように感じるようになっていたからなのかもしれない。

あの列車に乗っていたら、母はどうなったのだろう。傷ついて、特別な「ことば」を残すことになったのだろうか。それは、わたしにはわからない。だが、広島駅7時58分着だけではなく、夥《おびただ》しい数の「あの列車」が出発し、ついに戻ることができなかった無数の人びとがいることは、知っているのである。

（2017年4月20日）

降り注ぐ「ことば」

選挙戦の間はずっと雨だった。

どんな選挙で、何が争点《そうてん》だったのか。マスコミやネットで、たくさんの人がたくさんのことをいったり書いたりしていた。けれど、わたしが考えてみたかったのは、そこにはない、別のことだった。

何度か、候補者たちの演説を聞きにいった。雨の中で、傘をさして。寒い思いがしたが、それは、天候のせいばかりではなかった。

選挙カーの上の候補者たちは、一様に白いたすきをかけ、手を振り、笑みを振りまいた。そして、演説し、お願いするのである。形はいつも同じだ。候補者たちがいうことは、少しずつちがっていた。だが、それでも、同じ感想を抱くことが多かった。

どんな感想か。ひとことでいうのは難しい。そう思っていたら、選挙演説を聞いたある有権者の感想を、ネットで、偶然見つけた。

そこにもわたしと似た思いをした人がいた、と感じた。

「有権者には金の話がいちばん大切、と政治家は思っているらしいが、それ以外のことも大切と思い、考えているんだ」

選挙戦最終日の夜、池袋で、ある候補者の演説を聞いた。まず、わたしの知らないたくさんの関係者や地元の有力者が紹介され、そのあと、候補者が車の上から演説をした。唐突に、議員定数の削減の話が始まり、税金を大事に使うことが必要だ、というようなことをいった。他にもしゃべったかもしれないが、よく覚えていない。

確かに、それも大切なことなのだろう。けれど、雨の中、傘をさしながら聞きたいのは、そのことではないような気がした。

その演説の後、今回の選挙の主役の一人、小池百合子《こいけゆりこ》さんの応援演説があった。その中で小池さんは「真の意味の、新しい日本の設計図」とか「見かけ倒しの改革ではなく、真の改革」といったことばを使ったようだった。気のせいかもしれないが、1週間ほど前に聞いた渋谷での演説に比べ、心ここにあらずに見えた。何百回も同じことばをしゃべっているので、疲れたか飽きていたのかもしれない。

わたしには退屈だった。というより、そのことばは、少なくともわたしに向かって話されたものではないように感じられた。それが「政治」だとするなら、自分はその部外者であるように思えた。

わたしはなんでも読むが、政治家が書いたものも読む。その人がなにを考えているのかを知るには、書いたことばを読むのがいちばん早いと思っているからだ。

あるとき、小池さんと同じように個人的な人気で「風」を起こした、橋下徹《はしもととおる》・大阪市長のことをよく知りたいと思い、彼の本を集められる限り集めて読んだ。彼が政治家になる前、弁護士時代のものが圧倒的に面白かった。

彼は、その中で繰り返し、相手をやっつけるためにはどんな手段をとってもかまわない、と説《と》いていた。他人を信用するな、ただ利用するだけでいい、とも。彼の、その暗い情熱が、わたしは嫌いではなかった。

小池さんの本を集めたのも、同じ理由だった。そして、その多さに驚いた。本の中で小池さんは、様々な事例をあげ、数字とカタカナ英語を駆使して、流れるように語っていた。流暢《りゅうちょう》すぎて、こちらから話しかけるすき間がない。そんな感じがした。そして、しばらく読んでゆくと、どこかで読んだことがあるような気がしてくるのだった。

「ビジネスでも政治でも『マーケティング目線』が大切です。私はマーケティングの感覚を大事にしており、『マーケティング戦略』のビジネス書も好んで目を通します。そこでよく書かれているのは、『自分がどう思うか』だけではなく……『周囲の環境から考えてどう判断されるか』が重要なのです。……常に自分の価値を戦略的に磨き続ける。常に磨き続けないと市場で埋没してしまうのです」（『希望の政治』）

それはビジネス書の文体そのものだったのか。そして、この文体の中に、個性を持つ「私」はいないのだ。

いや、そこには、そもそも誰もいない。「無」がぽっかり口を開けているように思えた。「周囲の環境から考えてどう判断されるか」がいちばん大切なのだから、なんにでもなれる自分がいちばんいい。めんどうくさい思想や信念はいらないからだ。

「マーケティング目線」を大切にする政治家にとって、有権者は、「消費者」にすぎない。だとするなら、あの車の上から投げかけられることばのシャワーは、テレビのＣＭから流れてくるものとまったく同じなのである。

いうまでもなく、「マーケティング目線」の政治家は、小池さんだけではないのだけれど。

車の上の人にとって、「下」にいる有権者たちは、ヒットしそうな政策を喜んで受け取ってくれる「消費者」だ。寒い雨の中で、候補者たちの演説を聞きながら、寂しい気持ちになったのは、自分はただの「消費者」ではない、もっと別のことも考えているのに、みくびられているような気がしたからだろうか。

小池さんが、一時的であれ、大きな「風」を起こしたのは、有権者がそこに、他の政治家にはない何かを感じたからだ。それが、単なる「消費者」向けの広告のことばかもしれないと気づくまでは。

選挙戦最終日、小池さんが作った党と対抗するように生まれた、新しい党の新宿での演説会にも出かけてみた。演説の声は聞こえたが、話す人の姿は見えなかった。車の上からではなく、「下」で、聴衆の中に入りこんで話していたからだ。そのことは、わたしには好ましいことに思えた。「上」から見るのとはちがう風景が見えるはずだから。

それから、聞こえてくることばのなかに「選挙で終わりではなく、それからずっと、わたしたちをチェックしてください」というものもあった。そのことばも好ましいものに思えた。そこでは、どうやら、わたしは単なる「消費者」ではなく、やるべき役割があるようだったからである。

周りで拍手が起こった。だが、わたしはしなかった。そう、まずわたしがしなければならないのは、そのことではないように思えたから。

ドイツ生まれの思想家、ハンナ・アーレントは、死後に刊行された『政治とは何か』という本の中に、いくつもの不思議な断片を残した。

彼女は、私的な生活や家族のつながりを超え、「家」の敷居の向こうにいる、他人たちと交わることが政治の始まりであるとした。

その見知らぬ他人と、それぞれの思いと経験を自由に話し合うとき、初めて人は世界の多様さと広さを知る。自分の経験や意見以外のものが存在することを知る。それが「政治」が生まれた理由であるとした。「政治」は「政治家」のものではなく、人びとがより自由であるためのものだとしたのだ。

確かに「政治家」はいる。選挙カーも候補者も存在している。けれども、わたしたちを広い世界に連れ出してくれる「政治」はどこにあるのか。

わたしは傘に雨粒があたる音を聞きながら、そんなことをぼんやり考えていたのである。

（2017年10月28日）

ニッポンの原爆

ＪＲ駒込駅から、７、８分歩くと「公益社団法人　日本アイソトープ協会」（東京都文京区）に着く。門の中に入ると、見事に咲き誇る桜の大木《たいぼく》があった。見ほれていると、案内してくれた人が、「駒込はソメイヨシノの発祥の地なんですよ」と教えてくれた。

満開の桜の向こう側に、旧理化学研究所の古い建物がいくつか見えた。およそ75年前、この建物の中で、学者たちは「ニッポンの原爆」を作ろうとしていたのだ。

３階建ての旧37号館に足を踏み入れると、２階に仁科芳雄《にしなよしお》の執務室が当時のまま残されていた。仁科こそ、「ニッポンの原爆」計画の中心にいた物理学者である。

明治23（１８９０）年に生まれた仁科芳雄は東京帝国大学の電気工学科を主席で卒業したあと、理化学研究所（理研）に入所した。理研は、１９１７年に創設された国内唯一の自然科学系総合研究所であった。

計画の始まりを朝日新聞は次のように紹介している。１９５５年８月７日「原子雲を越えて／日本も原爆計画」という記事だ。

「昭和十五（1940）年も半ば過ぎたある夏の日、新宿から立川に向《むか》う通勤列車の二等車で、こんな話がささやかれていた。『例のウラン爆弾のことだが……』と、理研の仁科芳雄博士。『ほう！　いよいよ出来そうだとでも』と、ヒザを乗り出したのは陸軍航空技術研究所長安田武雄中将（現アジア製作所社長）である。『（略）まだはっきりとはいえないが、ウラン爆弾はどうにか出来そうに思える。あなたがその気なら、わたしんところでウラン爆弾製造のための実験的研究をはじめてもよいと思うんだが』」

「ニッポンの原爆」が、歴史の中に浮上した瞬間である。

第二次世界大戦下、ドイツで、アメリカやイギリスで、戦局を一変させる究極の兵器「原子爆弾」の研究や開発が進み始めていた。そして、極秘のうちに日本でも。

仁科の執務室は、当時の面影《おもかげ》を残したままで、そこだけ時間が止まっているように見えた。書類が積まれた机の横に英語の走り書きが書かれた黒板が置かれていた。

「これは何ですか？」

わたしが訊《たず》ねると、案内してくれた仁科記念財団の矢野安重《やのやすしげ》さんが、こう答えた。

「仁科先生の絶筆です。実際の黒板を複写して、そのまま再現したものです。英語で、日本経済を何とか復興せねばならない、と書いてあります」

急速に不利になりつつあった戦局の中で、陸軍は、理研・仁科研究室の「原爆開発」に大きな期待をかけ、巨額の資金を投入していった。だが、結果ははかばかしくなかった。陸軍は、繰り返し、仁科に「いつ原爆は出来るのか」と訊ねたが、仁科は答えをはぐらかすばかりだった。

「仁科さんは、ほんとうに原爆が出来ると思っていたのでしょうか」

「当時の技術と国力では、出来るとは思っていなかったはずです」

「では、なぜ、陸軍には『出来る』ようなそぶりを見せていたのでしょう」

「おそらく」と矢野さんは言った。

「研究者を戦場に送らせないため、原子物理学の基礎研究をやめさせないために、あえてそう言い続けたのだと思います」

「ほんとうに？」

「わたしの想像ですが」

逼迫《ひっぱく》する戦況の下で、「ニッポンの原爆」の研究は続けられた。

当時、追い詰められていた陸軍は、サイパン島への原爆投下を考えていたとも言われている。米軍機による激しい空襲が続く中、「原爆」研究施設の多くを失った仁科は、1945年5月下旬に「もうウラン爆弾は出来ない」と陸軍に伝えた。事実上の中止宣言だった。にもかかわらず、切り落とされたトカゲの尻尾のように、「原爆」開発はその末端で生きていた。日本でほぼ唯一、ウラン鉱の採掘が可能であるとされていた福島県石川町では、8月15日の敗戦の日まで、学徒を中心として採掘が続けられていたのである。

8月6日。広島に新型爆弾が投下された。おそらく、もっとも衝撃を受けたのは仁科だったろう。

2日後の8日、仁科は軍の調査団と共に広島に派遣された。仁科は、その惨状を見て、落とされたのが、作ることは不可能であると考えていた「原子爆弾」であることにすぐに気づいた。

仁科の執務室で、わたしは、仁科が広島を調査したときのノートを見た。原爆投下の僅《わず》か2日後、高い放射能の下で爆心地付近を歩き回りながら、仁科は克明《こくめい》にメモを取り、スケッチを記した。そして、次のように結論づけた。「爆薬ニ非《あら》ズ」「原子弾又《また》ハ同程度ノモノ」と。仁科たちが長い間、理論と実験の中で追い求めていた「原子爆弾」は実在し、そして、ほんとうに使われたのだ。

仁科は、広島・長崎の投下直後の惨劇をその目で見た。そして、それを「生き地獄」と表現した。「原爆」の研究・開発の果てに何が待っているのかに、他の誰よりも早く気づいたのである。

歴史に「もし」はない。けれども、もし、仁科たちの研究が成功していたらどうだったろう。そして「ニッポンの原爆」が、サイパンに、あるいは、沖縄に向かうアメリカ艦隊に向けて投下されていたら。あるいは、現実的な可能性は低いとしても、もし、中国やアメリカの都市部に投下されていたら。そのとき、いや、いま、わたしたちは、どんなことを言っていただろう。「わが国の体制を維持するためには仕方なかったのだ」とか、「戦争を終わらせるためには、他に手段がなかったのだ」とか、どこかで聞いたことのあることばを吐いただろうか。そして、わたしたちではなかった「被爆国」の住人たちに対して、どんなことばを差し向けたのだろう。

北朝鮮の「核の脅威」が、公然と叫ばれるようになった。核を振りかざす独裁者にわたしたちは怒りを差し向ける。かつて、それを落とされた国の国民として。

わたしたちは、歴史上唯一の被爆国の国民として、核を所有する国を批判してきた。だが、ただ偶然そうだっただけなのだとしたら、わたしたちは、同じように彼らを批判することができるのだろうか。わたしたちの国もまた「自衛」や「体制維持」のために、核兵器を持とうとしていたのだ。

わたしは、仁科を中心とした、多くの人びとが「ニッポンの原爆」を目指す様子を調べてきた。そして、そこには欠けているものがあるように思えた。

それは「被害」への想像力である。そこには、「落とす側」からの論理しか書かれてはいなかった。確かに、巨大な爆発のパワーは計算することができた。そのとき、それに直面することになる人間が何を見るのかについて書かれたものを見つけることはできなかった。焼け焦げたふたつの街を見つめながら書き記された仁科のノート以外には。

そこには、「原爆を落とす側」の論理を熟知した者による、「原爆を落とされる側」に寄せる想像力が記されていたように思う。

「持つ側」と「持たぬ側」に越えられぬ壁がある「核の論理」。真に核兵器を批判する論理は、もしかしたら、仁科のノートから始まるべきだったのかもしれない。

（2018年4月18日）

「正しい」考え

麻原彰晃《あさはらしょうこう》らオウム真理教事件の死刑囚7人の刑が執行された。これほど大量の死刑が、日本の裁判制度の下で一度に執行された例を見つけるには、明治44（1911）年の「大《たい》逆《ぎゃく》事件」死刑囚12人の執行にまで遡《さかのぼ》らねばならない。

明治政府は、この「社会主義者・無政府主義者」たちの「天皇暗殺未遂」を重大視し、摘発後8カ月で24人に死刑判決を下した。執行はその僅《わず》か6日後（管野《かんの》スガの処刑は翌日）である。この一連の「政治ショー」は、国家に反逆しようとする者がどのような運命をたどるかを見せつけるものであった。

数カ月前、オウムの死刑囚たちが一斉に拘置所を移送され、処刑の可能性が高まった。しばらくしてわたしは、オウムの拠点があった山梨県の旧上九一色《かみくいしき》村を歩いた。もうそこにはオウムを思い起こさせるものは何もなかった。そして、麻原のいる東京拘置所の周りも歩いた。どちらも、歩きながら様々な思いが浮かびあがったが、それを正確に書き記すことは難しいような気がする。

地下鉄サリン事件があってオウムの施設に警察が入った頃、わたしは、麻原の著作を何冊もまとめて読んでいた。メディアから伝わってくる人物像ではなく、自分の手と頭で、彼がどんな人間なのかを知りたいと思ったのだ。

その時も、23年たったいまも、印象はほとんど変わらない。彼のことばはひどく単純に思えた。

「人は死ぬ。必ず死ぬ。絶対死ぬ。死は避けられない。その避けられない死に対して、どのようにアプローチするのか……それがわたしたちの課題です……最後に、何をなせば天界へ行くのかと。それは簡単です。まず真理を学び、布施をなし、奉仕をなし、そして天界へ行くぞという思念をすると。わたしは来世、天へ行くぞと……そのためには少しぐらいの苦痛は落とさなければならないと」(『麻原彰晃の世界』第一巻)

どの本もぜんぶ同じだった。自信たっぷり。断言、断言、断言。おれは正しい。言うことを聞け。

バカみたいだ。そんなもの読む必要なんかまるでない……とは、思わなかった。なぜなら、「麻原のことば」に似たものは、実はわたしたちの周りに溢《あふ》れているように思えたからだ。

どうして、そんな愚かなことばにひっかかったのか。いや、いまも多くの人たちがひっかかるのか。
オウム真理教・元「科学技術省」次官の豊田亨《とよだとおる》は、自分がどんなふうに麻原のことばにからめとられていったか上申書《じょうしんしょ》にこう書いた。
「(麻原の指示に従わないのは自分の煩悩《ぼんのう》であり心のけがれであると村井秀夫《むらいひでお》幹部に言われた後)自分はこの答えを聞いて完全に納得した訳ではありませんでしたが、結局、村井さんの言うように、『自分の考え』というもの自体が自己の煩悩であり、けがれである、として自分の疑問を封じ込めるようになりました」(降幡賢一『オウム裁判と日本人』)
オウム真理教に集《つど》った者たちの多くは、元々は現代社会の矛盾に悩む善男善女たちだったろう。だが、彼らに送った麻原の回答は、ひとことで言うなら「自分の考え」を持つな、ということだった。豊田は、そのことについて別の言い方をしている。
「簡単に言えば、教祖という存在を絶対とし、その指示に対しては疑問を持たず、ひたすら実行することが修行であると考えていた」(同)
だが、この国では、70年以上前には、国民全体が、ある存在を「絶対とし、その指示に対しては疑問を持たず、ひたすら実行」していたのではなかっただろうか。この国に戦争を仕掛けた、オウムという小さな「国」は、実は相手にそっくりでもあったのだ。
公判の途中から、麻原は精神を病《や》んだとも、そのふりをするようになったとも言われている。その真偽を判別する能力はわたしにはない。けれども、麻原は、自分が何者であるかを「自覚」していたように思う。初公判から1年後、麻原は初めて意見陳述を行った。その、長大で奇怪な陳述の最後に、麻原は、こう発言している。

「(第3次世界大戦で『敗れて』しまった結果)もう日本がないというのは非常に残念です……これを(米軍の)エンタープライズのような原子力空母の上で行うということは、非常にうれしいというか、悲しいというか、特別な気持ちで今あります」(同)

幻想(妄想?)の中で、麻原は、戦いに敗れた虚構の国家の代表として、想像上の「敵国」アメリカの軍艦の艦上《かんじょう》にいた。ちょうど、第二次世界大戦で敗れ、戦艦ミズーリ号の甲板で降伏文書に調印した日本国の代表のように。

その言葉は、麻原の「思惑」を超え、わたしたちの喉《のど》に小骨のように突き刺さる。こう聞こえるからだ……あの「戦争」で、わたしの「国」の10万倍もの日本人を死に追いやった日本国よ、おまえたちの責任はどうなったのか?

地下鉄サリン事件の二十数年前、連合赤軍と呼ばれる急進的な武装組織が世間を騒がせた。夢想に近い「社会主義革命」理論を掲げた彼らは、テロと内ゲバの死者十数人を残し、自滅していった。

唯一の「正しい」理論がすべてを支配する組織、という点では、オウムに酷似《こくじ》していたように思う。そして、彼らも社会から激しく糾弾《きゅうだん》された。その頃、20歳そこそこだったわたしは、その様子を複雑な思いで眺めていた。メンバーの中には、知人がいたからだ。いや、わたしもまた、その周囲にいた若者のひとりとして、誘われていたからでもあった。

なぜ、あのとき、わたしは彼らの誘いに乗らなかったのだろう。

この社会にはおかしなところがあった。彼らは、「正しい」（と彼らが考える）理論で、わたしにそれを説明した。確かに、彼らの主張は「正しい」ように見えた。だが、その「正しさ」は、わたしには少々息苦しかった。社会も、その社会を否定する彼らも、どちらも、わたしが大切にしたい「自分の考え」を気にしてはくれないように思えた。

頼りなく、弱々しいかもしれないが、わたしは「自分の考え」で判断したかったのだ。

仮に、その判断が間違っていたとしても。

わたしには、連合赤軍事件を、即座に否定することができなかった。「総括」と称し、些細《ささい》な理由で、彼らは、同じ組織の人間たちを次々と殺していった。もしかしたら、わたしも、殺す側か殺される側かどちらかの人間になっていたかもしれないからだ。

オウム事件はどうだろうか。彼らは、わたしたちとは無縁な、想像を絶する悪人たちで、彼らを処罰すれば、解決するのだろうか。

戦前は、天皇に忠誠を誓うのが「正しい」ことだった。戦後はそれが否定され、高度経済成長期には、豊かになることが「正しい」とされた。きっと、いまも、なにか「正しい」ことがあって、それに、みんな従うのだろう。

「正しい」ことは時代によって異なるが、弱々しい「自分の考え」より、みんなが支持する「正しい」考えが優先される社会のあり方は変わらない。だとするなら、麻原を処刑しても社会は、自分とそっくりな、自分を絶対正しいと主張する別の麻原を生み続けるような気がするのである。

（2018年7月14日）

「壁」の向こうから

コンビニでレジの前に立つ。すると、少したどたどしい日本語でしゃべる声が聞こえてくる。

「イラッシャイマセ」

目を上げると、そこにいるのは日本人ではない。当たり前の風景だ。そういえば、ハンバーガーショップや立ち食い蕎麦《そば》屋で立ち働いている外国人を見ても、驚くことはなくなった。

時々、彼らはどこから来たのか、どんな人間なのか。そう考える。でも、一瞬のことだ。そして、わたしたちはすぐに忘れる。

去年、出入国管理法の改正が大きな議論を呼び、メディアで「入管法」という言葉が飛び交っていた頃、不意に彼らのことを思い出した。改正入管法は、労働力としての外国人の受け入れ拡大を目指して作られた。この国の経済にとって役立つ人材。それが彼らに与えられる役目だ。そして、そのことばかりが議論される。それ以外のことにはみんな無関心だ。心の底で疼《うず》くものがあった。

半世紀前、わたしは学生運動に参加していた。ベトナム反戦。大学制度改悪反対。多くのテーマがあった。その中に、「大村《おおむら》収容所を解体せよ」という声があった。

「彼らも人間なのだ。絶対に忘れてはならない」

どこかの集会でそんな声を聞いた気がした。でも、その時も、わたしは通り過ぎただけだった。

長崎県大村市にある大村入国管理センター（旧大村入国者収容所）を訪ねたのは、改正入管法が成立した少し後のことだった。最新のＩＴ工場のような、大きくて清潔なその建物の中には、在留資格がないなどの理由でアジアやアフリカ、南米など出身の外国人、約１００人が収容されていた。

林旗《リンチー》さんは１９８４年生まれの34歳になる中国人だ。すでに3年近く収容されている。いつ収容施設の外に出られるのかは、誰にもわからない。

「障害のある子どもと妻が大阪で苦しい暮らしをしている、家族を置いて、生活の基盤のない中国に戻るわけにはいかない。家族が夢に出てくる。会いたい」

面会室の透明な窓の向こうで、訥々《とつとつ》としゃべった林さんとの時間はやがて終わった。

半世紀前、学生運動で逮捕され、拘置所に入っていたわたしも、林さんのように窓の向こうにいた。わたしは独房で8カ月過ごしたが、終わりごろには、拘禁《こうきん》性ノイローゼになって独房の壁に頭をぶつけ続けたりした。明確な理由も根拠もわからないまま、そして、いつまでなのかもわからず壁の中にいることにわたしは疲れ果てていたのだ。いまでも、わたしはその頃の悪夢を見るのである。

案内された入国管理センターの中の光景は、わたしがいた拘置所の中とほとんど同じだった。

記憶にある「大村」とは何だったのだろうか。そして、あの時、なぜ人びとは、「大村収容所」の解体を求めたのだろうか。わたしは自分の記憶を確かめるために、いくつも資料を読んだ。

大村入国者収容所は、1950年から1993年までの44年間、様々な理由で国外退去命令を受けた「韓国・朝鮮人」を「集団送還」するまで収容する場所だった。そこは「刑期なき獄舎《ごくしや》」とも「監獄以上の監獄」とも言われた。「送還にせよ、仮放免にせよ、収容されてから大村収容所を出所できるまでの収容期間には法律上の制限がない」からだった（小野誠之「雑誌『朝鮮人』」27号〈1991年・終刊号〉）。4、5年にもわたる長期の収容によって絶望し、自殺や暴行に走る者も続出した。いまと同じだ。だが、その事実はほとんど知られることはなかった。それもまたいまと全く同じなのである。

「大村収容所を廃止するために」と銘《めい》打たれた雑誌「朝鮮人」は、1969年に創刊された。「任錫均《にんしやつきん》」という「在日朝鮮人」の韓国への「強制送還」に反対する運動から生まれた雑誌だった。彼は、軍事独裁政権に抵抗する学生運動に関わって逮捕された。死刑宣告を受け、送還されれば死刑は免《まぬが》れない状況にあった任錫均の生命を守るために、長期の収容から解放し、亡命への道を拓《ひら》くための運動が行われていたのだ。

雑誌が創刊されたのは、わたしが拘置所にいた頃だった。だが、うかつにも、当時のわたしは、何も知らなかった。いや、知ろうともしなかったのである。

わたしは、創刊号に掲載された任錫均の「大村収容所にはい（入）る」という文章をコピーで読んだ。彼は淡々と収容所の中で起きる出来事を書き、最後にこう結論づける。

「法規を破る者は法による懲罰が科せられるが、懲罰には完了があり、完了の後平常に戻れる余地がある。この法に書かれないいしきたりには完了がなく、救済の余地は全くない」

この透明で美しい日本語の書き手は、極限状態に落とされてもなお、自分が置かれた状況を冷徹に分析できるほどの優れた知性の持ち主だった。そこで、彼は、収容所の中に存在する、法によらない支配の原理を告発している。

この雑誌を最後まで支えた哲学者の鶴見《つるみ》俊輔《しゆんすけ》は、終刊号の座談会でこう語っている。

「日本人であることから離れて、離れられないなら一歩距離を置いてね、人間として見る目を持っていればね、どこでも通用する。それが、在日朝鮮人に対する在日日本人のとるべき見方ではないでしょうか」

鶴見は、わたしたちが当たり前にするように人をまず国籍で考える、ということをしなかった。その考えは、わたしたちをただ分断するだけだからだ。鶴見にとって、目の前にいるのは、同じ人間だった。いや、苦しむ人間と、それを助けることができる人間の2種類だけだった。

1世・2世が減り、「集団送還」される在日韓国・朝鮮人がいなくなると、役目のなくなった旧大村入国者収容所は閉鎖された。一つの時代が終わったのである。いまセンターに収容されているのは、他の外国人たちだ。けれども、入国管理センターと名称が変わっても、その本質に変わりはないように思える。いまも「刑期」という定めのない「無期限」の徒《と》刑囚《けいしゅう》として、彼らは「強制送還」の日を待っているのである。

ネパール人の元留学生で、かつて母国で政治活動をしたため帰れば命の危険があるというラジェンドラさんは、いま37歳。難民認定を求め、大村で計4年の収容生活を送っている。彼は書いている。

「にゅうかんのなかにいるみなさん　まいにち3ねん4ねん　つらいせいかつ　のみこんで　せいかつをしてます　なぜなら　いつかいいことおきるかもしらない　いつかあかる

いみらいみえるかもしらないない　いつかだれかがてをのばして　たすけるんじゃないか……きぼのひかりをまってます」

それは、すぐ横の壁の向こうから聞こえてくる、わたしたちの隣人の声だ。そしてわたしは考えるのである。ほんとうに、わたしたちは、彼らのように「壁」の向こうに閉じこめられ、自由を奪われるようなことは絶対にないと言えるのだろうかと。しょせん、すべては「他人」の出来事なのだと。

（2019年1月17日）

「隣の国のことばですもの」

戦後を代表する詩人、茨木《いばらぎ》のり子の代表作「自分の感受性くらい」に、こんな一節がある。

「駄目なことの一切を／時代のせいにはするな／わずかに光る尊厳の放棄　自分の感受性くらい／自分で守れ／ばかものよ」

いい詩だと思う。そしてその後、胸に手をあてて考えたくなる。

その茨木のり子に『ハングルへの旅』という本がある。50歳になった茨木は突然、韓国語を学びはじめた。すると、周りのみんなが異口同音にこういったのだ。

「また、どうしたわけで？」

明治以降、目は西洋に向け、東洋は切り捨てる。こんな国家の方針に、人びとは何の疑いもなく従ってきた。だからこそ「また、どうしたわけで？」となるのだろう。そう嘆《なげ》きながら、茨木は、自分が韓国語を学び始めた理由を、いくつもあげていき、最後にこういうのである。

「隣の国のことばですもの」

本の中に、強い印象を残すエピソードが一つ。同年代の韓国の女性詩人に会って、「日本語がお上手ですね」とその流暢《りゅうちょう》さに感嘆すると、彼女はこう返した。

「学生時代はずっと日本語教育されましたもの」

植民地時代、日本語教育を強《し》いられた彼女は、戦後になって「改めてじぶんたちの母国語を学び直した世代」だったのだ。

自分の無知さに茨木は身をよじる。いちばん近い国なのに、ほんとうは何も知らない。知らないことさえ知らなかったのだ。

ソウル市内、日本大使館に向けて設置された「平和の少女像」を見に行った。それは、わたしたちの国と「隣の国」の間に深刻な亀裂《きれつ》を生み出したものの一つだ。その「亀裂」はなぜ生まれ、そして、修復は可能なのか。それを知りたくて、わたしは出かけた。行けば少しはわかるのではないかと思った。いろんなことが。何より自分が何を知らないかを。

冷たい雨が降る中、レインコートをはおった像は、毛で編まれた靴下をはいていた。銅製の足と座台の間に隙間がなく、だからその靴下は、ある日本人によって現場で編まれた、と聞いた。

わたしは傘をさして、その像の傍《かたわ》らに立ち、その像の視線が指す方向を見つめながら、いくつかのことを考えた。

「彼女」の「正しい」名前は「慰安婦像」ではなく、「平和の少女像」（もしくは「平和の碑《ひ》」）だ。女の子が椅子に座っている。そこにあるのは、ただ、それだけの彫像だ。髪は、一見おかっぱのようにも見えるけれど、よく見れば、髪の先が不揃《ふぞろ》いであることがわかる。もしかしたら、無理やり、切られたのかもしれない。

　韓国には、わたしたちの国にはない「民衆美術」のぶあつい歴史がある。それは、自国の軍事独裁政権と「美術」を武器にして戦って来た歴史だ。いつの間にか、敗戦によって軍による支配が終わっていたわたしたちの国とは異なる「戦後史」をこの国は持っている。自国の軍隊や政府と戦いながら、歴史を作ってきた彼らは、作品に強い政治的メッセージを載せることを拒《こば》まない。その感覚は、わたしたちにはほとんどないのである。

　慰安婦たちの「奪われた少女時代」を象徴しているという、その「像」は、もっと別の何かを象徴しているようにも見えた。それが、何なのか、わたしにはうまくいうことができない。そこに置かれているのは、どんな「ことば」でも載せることができる、ただの硬い金属製の彫像だからだ。

　人びとが行き交《か》う大通りに面して、夥《おびただ》しい写真や横断幕に囲まれるように置かれたその少女像の横には、若い学生たちが守るように待機しているテントがあった。

その情景を見ながら、わたしは、その前日に済州島《チェジュド》で見た、もう一つの像のことを思い出した。

ベトナム人の母子の像（「ベトナムのピエタ」像）は、済州島の南部、江汀《カンジョン》村の聖フランシスコ平和センターの敷地の隅に、ひっそりと置かれていた。その像は、ベトナム戦争での韓国軍の民間人虐殺《ぎゃくさつ》を記憶し犠牲者を鎮魂《ちんこん》するために作られた。愛《いと》おしむように赤ん坊に頬を寄せる母親の周りを、土地の花と水牛が囲んでいる。この自国の加害責任を問いかける像の作者は、実は日本大使館の前の少女像と同じキム・ソギョンさん、キム・ウンソンさん夫妻だ。

この像を設置する場所を求めて、キム夫妻は済州島にたどり着いた。「少女像」とは異なり、自国の歴史的加害責任を問う像を喜んで受け入れてくれる場所を見つけることは難しかったのである。

ふたつの像は、同じ作者（たち）の手で作られた。片方は、植民地支配と戦争の犠牲者に、もう片方は、戦争や軍隊の直接的な犠牲者に、それぞれ寄り添って。どちらもおそらくは同じ目的で、つまり、国家や権力という強いものに蹂躙《じゅうりん》される弱き存在の側に立つことを目指して作られた。

けれども、ふたつの像は切り離され、片方を支持するものの多くは、もう片方を見ないようにしたのである。このことの意味も考えたい、とわたしは思った。

済州島は、自民族が南北に分断されることに抗《こう》した島民を韓国軍と警察が弾圧・虐殺した「四・三事件」で知られる。日本にとっての敗戦、朝鮮半島の人たちにとっての解放から間もない1948年に起こり、50年代半ばまで続いた一連の悲劇で虐殺された島民は数万人といわれる。韓国政府がこの暗い記憶に立ち向かい、軍・警察が公式に謝罪したのは、事件発生後半世紀以上たつ今年だった。島民の気持ちの奥底には国家や軍への懐疑がいまもあるように思えた。「ピエタ像」がこの島で可能だったのは、そのせいなのかもしれない。

その像から、車を少し走らせた広大な畑の真ん中に、軍用機を攻撃から守るためにコンクリートで造った掩体壕《えんたいごう》跡がある。戦争中、ここには日本軍の戦闘機が格納され「決戦の日」を待っていた。この国が日本の植民地であった時代の遺物である。そんな場所があることを、わたしたち日本人の大半は知らないだろう。

いまは、戦闘機の骨組みの形をしたモニュメントが静かに眠り、そこを訪れた人たちがハングルで書き記した短冊が結びつけられている。わたしは、通訳の担当者に訳してもらい、複雑な思いで、そのことばを読んだ。そこを訪れる人たちにとって、過去は終わってはいないのである。

ふたつの像が、「弱き者たち」を象徴しているのだとしたら、それは、隣の国の人たちにとって、支配され、ことばも奪われていた植民地時代の自分たちの肖像にも繋《つな》がるのだろう。

では、わたしたちは、「弱き者たち」をどう見ているのだろう。いま、わたしたちの社会は、声をあげる「弱き者たち」をうとましく思ってはいないだろうか。

ただ佇《たたず》むだけの「像」たちは、ことばを持たない。だが、そのことによって、わたしたちからことばを引き出す力を持っている。もしかしたら、それは、怒りや憎しみや蔑《さげす》みに満ちた、わたしたち自身の社会が発することばなのかもしれない。

（２０１９年12月19日）

オリンピックと学徒出陣

東京はオリンピックと縁《えん》が深い。3度、開催地に決まり、1度目は返上、3度目は延期。だとするなら、ほんとうは「縁が薄い」というべきなのかもしれないが。

1度目は、戦前の1940年。アジア初のオリンピックとして、1936年に招致に成功。だが1938年には自らの手で返上することになった。その1度目のオリンピックのためにつくられた数少ない競技施設、埼玉県戸田の漕艇《そうてい》場まで行ってみた。雨の中、ときおり、学生が漕《こ》ぐボートが目の前に現れた。「新型コロナ」流行のため、ボート競技もいまはお休みだ。80年前になにがあったのか、知っている者は、ほとんどいない。実は、わたしもだったのだが。

1964年

わたしは、長い間、オリンピックを観《み》たことがない。興味がないからだ。ただ、過去に一度だけ熱中してオリンピックを観た。1964年の東京オリンピックだ。異様なほどの盛り上がりがあったことだけは覚えている。わたしは、ずっとテレビにかじりついていた中学生だったが、なぜそんなに熱中していたのか、わたしを含め、当時の日本人たちに訊《き》いてみたい気がする。もちろん、中には、その狂騒《きょうそう》を醒めた目で見つめていた人たちもいた。華やかなオリンピックの向こうに暗い「戦争」の記憶を思い出す国民も、まだたくさんいたのだ。

作家の杉本苑子《すぎもとそのこ》は、開会式に触れながら、こう書いている。

「二十年前のやはり十月、同じ競技場に私はいた。女子学生のひとりであった。出征してゆく学徒兵たちを秋雨のグラウンドに立って見送ったのである。場内のもようはまったく変わったが、トラックの大きさは変わらない。位置も二十年前と同じだという。オリンピック開会式の進行とダブって、出陣学徒壮行会の日の記憶が、いやおうなくよみがえってくるのを、私は押《おさ》えることができなかった」

1964年のオリンピックのメイン会場は神宮外苑にある旧国立競技場だったが、その場所には戦時中、1940年のメイン会場候補でもあった「神宮外苑競技場」があった。そして、返上されたオリンピックから3年後の1943年、まさにその場所で、「学徒出陣」の巨大なセレモニーが行われたのだ。杉本ら多くの作家たちの回想に「学徒出陣」の文字は出てきても、「返上されたオリンピック」の記述はほとんど見られない。

1940年

大河ドラマ「いだてん」のおかげで「幻の東京オリンピック」は忘却の淵《ふち》から蘇《よみがえ》り、戦争と政治に翻弄《ほんろう》されたオリンピックであったことが一般にも知られるようになった。だが、それは、このときだけの例外ではない。「1940年の東京オリンピック」は、日本建国の年（紀元）から2600年、その壮大な祝賀《しゅくが》、「記念事業」の一つとして、東京市長の提案から始まった。1930年のことだ。最初から「日本とその歴史を寿《ことほ》ぐ」ための招致だったのである。

1931年に満州《まんしゅう》事変が勃発《ぼっぱつ》した。2年後の1933年には、満州国建国をめぐって、国際社会と対立した日本は国際連盟を脱退する。こうして、日本は中国大陸での、いつ終わるともわからない戦争に入りこんでいった。

オリンピック招致の行方《ゆくえ》には陸軍が大きな影響力を持っていたが、陸軍省の根本博《ねもとひろし》新聞班長は、この頃こう書いている。

「国家を離れてスポーツなし。当《あた》り前の話だ……国家と云《い》ふ崇高な概念に対して、スポーツなどを持ち出すのが面白くない」

実は、これこそ指導層の本音《ほんね》だったのだろう。

1936年、ナチス・ドイツのユダヤ人迫害の下、「オリンピックボイコット」の声も上がる中、ベルリン・オリンピックが開催された。ＩＯＣ（国際オリンピック委員会）は「スポーツの政治からの独立」の名の下に、ナチスによる様々な問題行動に目をつむり、国威発揚《こくいはつよう》を目指すヒトラーの野望を許した。ヒトラーに訊《たず》ねれば、間違いなく根本班長のように「国家を離れてスポーツなし」といっただろう。この頃、オリンピックでは、スポーツそのものより国家の都合が優先されていた。だが、それは、戦争の時代特有のできごととは思えないのである。

　１９３７年、盧溝橋《ろこうきょう》事件が起こった。日中戦争が本格化し、国内は「総動員体制」一色になってゆく。あらゆる物資は「スポーツ」ではなく「戦争」に向けられることになった。同時に、日本による中国への武力攻撃は不当だとして、英米などの国々からオリンピックボイコットの声が上がるようになっていく。少しずつ追い詰められていった政府は、１９３８年７月、正式に東京オリンピックの返上を決める。ドイツがポーランド侵攻を開始し、第二次世界大戦の火蓋《ひぶた》が切られるのは、それから１年と少し後のことだ。

「１９４０年の東京オリンピック」が開かれることはなかった。だが、その代わりに開かれた「壮行会」という名の「大会」がある。それは、杉本苑子が記した「学徒出陣」のセレモニーだった。

「挙国一致《きょこくいっち》」を進めるため、好都合だとして推進してきたオリンピックを手放した指導層は、絶体絶命の危機に追い詰められたその時、もう一つ別の、真の「挙国一致」のためのイベントを開いた。

それは、日本だけが参加する「戦勝祈念」の「大会」だった。

1943年10月21日、3年前にオリンピックが開かれるはずだった「神宮外苑競技場」は大観衆で埋め尽くされていた。

その歓呼の声の中、約2万5千の「選手団」が入場してきた。「敵米英を撃滅する」ために集められた2万5千の学生たちだった。銃を担いだ学生たちは、真っすぐ前を向き、門をくぐってスタジアムに入っていった。

それは「1964年の東京オリンピック」で、わたしが感激した開会式と、重なる情景だった。壮行会が終わると、学生たちは、来たときと同じように行進しつつ、門から出ていき、戦場から戻らなかった者も多かったのである。

2020年

「2020年の東京オリンピック」が延期になってしばらくして、わたしは、メイン会場となる「新国立競技場」まで行ってみた。作業用の高い塀に囲まれた、その中に、「学徒出陣」した学生のための碑《ひ》がわずかに見えた。旧国立競技場から移設された碑は、静かに、競技場の方向を見つめるように建っていた。

もし「碑」が話せるなら、なんといっただろう。戦前とはちがい、「挙国一致」や「国威発揚」とは無縁なオリンピックが開催されるはずだったのに、残念だ、とでもいっただろうか。

80年前のオリンピックは結局、「お上《かみ》」の都合にふり回された。では、開催された1964年のオリンピックは、「お上」ではなく国民自身が望んだものだったのだろうか。延期された今回のオリンピックは来年、「感染症に打ち勝った証《あかし》」として開かれるそうだ。それは誰が決めたのだろう。新国立競技場駅近くで、剝がされずに残っている「2020年東京オリンピック」のポスターを見ながら、わたしはそんなことを考えていた。

（2020年7月17日）

「文藝評論家」小川榮太郎氏の全著作を読んでおれは泣いた

＊初出＝「新潮」２０１８年11月号

9月21日・金曜日の夜、「新潮」編集部から電話がかかってきた。おかしいな、と思った。今月は締め切りがないはずなんだが。イヤな予感がした。おれは、少しの間ためらった後、電話に出た。案の定だ。「新潮45」問題について書いてくれ、というのである。確かに、おれは、その問題についてツイッター上で少しだけ発言をした。それだけだ。面倒くさいし、何のためにもならない。一晩考えさせてくれ、といっておれは電話を切った。でも、おれは引き受けることになるだろう、と思った。「面倒くさくて何のためにもならないことは引き受けろ」は、高橋家の家訓なのである。

書くことを引き受けてすぐ、「新潮45」の休刊が決まった。この問題については、考えなければならないことが多すぎる。休刊の是非、雑誌や出版社、あるいは著者のあるべき姿、休刊の直接的な原因となったであろう小《お》川《がわ》榮《えい》太《た》郎《ろう》氏の論文の問題点、当該特集号の各投稿それぞれが抱えている異なった問題、そもそも、特別企画のもとになった「杉《すぎ》田《た》水《み》脈《お》」論文の中身、さらにいうなら、同じような特集や発信を繰り返す、いわゆる「右派」論壇（誌）のイデオロギーの本質、さらに……。いや、それらすべてを引き受け、考える時間など、もとよりあるわけがない。そして、それらの問題については、おれなどより遥《はる》かに適任者がいて、その人たちがやってくれるはずである。おれの出番じゃない。

おれが気になったのは、「政治は『生きづらさ』という主観を救えない」という、画期的な論文（かな？）を書いた小川榮太郎氏の肩書が「文藝評論家」だったことだ。

その論文のすごさはみなさんが勝手に確かめてくださるようお願いしたい。もうすっかり有名になってしまったが、「テレビなどで性的嗜好をカミングアウトする云々という話を見る度に苦り切って呟く。『人間ならパンツは穿いておけよ』と」という冒頭部分から、「嗜好」じゃなくて「指向」じゃないのかなあ、といきなり躓《つまず》くよね。それ、LGBTについて書くならいちばんやってはいけない間違いじゃないのかなあ。もちろん、小川さんは断固として「嗜好」を貫く。最後まで読んでみた限りでは、どうも「嗜好」と「指向」の違いを知らないのではなく（というか「知るつもりもない」らしい）、「嗜好」の方が画数が多いので使っているみたいだ。意味の違いなど気にしない方《かた》なのかもしれない。たぶん、文章を書く上でこだわっているポイントが、一般の書き手とは異なっているのだろう。「LGBTという概念について私は詳細を知らないし、馬鹿らしくて詳細など知るつもりもないが、性の平等化を盾にとったポストマルクス主義の変種に違いあるまい」というのも類を見ない発想だ。他の雑誌でも「詳細を知らないが」と前置きして書いているのを見かけるので、あえて「知らない」ままで書くのがお好きなのかもしれない。おそらく、その方がフレッシュな気持ちで書けるからだろう。とにかく、小川さんに「事実と違う」と指摘するのは意味がないのではあるまいか。だって「知らない」っていってるんだから。しかし、これ、いい作戦かもしれない。おれも、「詳細を知らないし、馬鹿らしくて詳細を知るつもりもない」と前置きして書くことにしようかな。それで文句をつけられたら、「おれの文章をきちんと読め！　知らないっていってるだろ」といえばいいわけだ。でも、それでは、「新潮45」を読むような善男善女の読者はびっくりしたと思う。ふつうは、ある程度、意味を知って書いているはず、と思いこんでいるからね。

しかし、なぜ、小川さんは、そのようなハジケた、というか、いささか乱暴な文章を書かれたのか。「文藝評論家」であるのに。それが、おれにとって、最大の疑問だったのである。おれは小説を読むのも好きだが、「文芸評論」(すまん、おれ、画数が多い字が苦手なんだ。というか漢字よりひらがなの方が好きなんだけど)はもっと好きだ。家には、やたらと「文芸評論家」のみなさんの本もある。なのに、小川さんの本が一冊もないのである。いったいなぜなんだろうか。

この文章を書くことに決めて、おれが最初にやったのは、アマゾンで手に入れることができる小川さんの著作をすべて購入することだった（もちろん自費）。そして、入手できた以下の著作、『徹底検証「森友・加計事件」』『徹底検証　テレビ報道「嘘」のからくり』『最後の勝機チャンス』『天皇の平和　九条の平和』『一気に読める「戦争」の昭和史』『「永遠の0」と日本人』『国家の命運　安倍政権　奇跡のドキュメント』『約束の日　安倍晋三試論』『小林秀雄の後の二十一章』『民主主義の敵』（杉田水脈氏との共著）『宣戦布告』（足立康史氏との共著）『保守の原点』（宮崎正弘《みやざきまさひろ》氏との共著）と5冊の雑誌を、23日から26日にかけて読んだ（上念司《じょうねんつかさ》氏との共著は手に入らなかった）。かなり疲れた。その中で、はっきりと「文藝評論家」の仕事といえそうなのは、５４２頁ある『小林秀雄の後の二十一章』（幻冬舎）だけではないかと思った。その感想を書く前に、もう一つ、おれがふだん励行《れいこう》している「論じる、もしくは、話をする前に、その相手の全著作を読んでおく」システムについて触れておきたい。よく、「なんでそんな馬鹿なことをするんだよ」といわれる。同感だ。だが、それは、おれにとって最低限の、相手へのリスペクトの表現なのである。おれはいまＮＨＫラジオで「すっぴん！」という4時間近い生番組のパーソナリティをやらせていただいている。でもって、毎週ゲストを迎える。もちろん原則として「全著作（作家以外の方は全作品）」をチェックする。金も時間もかかる（基本、自費。なので、ギャラより資料費の方がかかるときだってある）。でも、いくら頑張っても無理なときはギブアップする。だから、角野《かどの》栄子《えいこ》さんや谷川俊太郎《たにかわしゅんたろう》さんのように著作が400冊オーヴァーの方、岩下志麻《いわしたしま》さんのように出演映画が100本以上ある方には正直に「全部チェックするのは無理でした。すいません！」と謝ることになる。いや、この「全作品を読む・見る・聞く」システムは、相手をリスペクトする以上の意味がある。相手を理解し、好きになることができるのである。以前、元大阪府知事・市長の橋下徹《はしもととおる》の言動にむかついて、批判してやろうと思い、やはり彼の全著作を取り寄せた。そのかなりの部分が絶版になっていたが、努力して集め、そして読んだ。そしたら、すっかり橋下氏が好きになってしまったのだ……。書かれた言葉には（どんなにひどくても）、その個人の顔が刻印《こくいん》されている。全部読んだら、もう知り合いだ。憎む理由がなくなってしまうのである。おれは、ヘイトスピーチに象徴される憎悪の連鎖を止めるヒントはそこにあるのではないかと思っているが、まあ、その件は、いまはおいておこう。

正直にいう。おれは、小川さんのことを、「新潮45」論文のような文章を書く方だと思っていた。だが、まるで違うのである。小川さんが「私の人生そのものである」という『小林秀雄の後の二十一章』の中の小川さんは、ひとことでいうなら、「文学が好きで好きでたまらない、いい人」だ。いや、小林秀雄と並んで、小川さんが深く敬愛する江藤淳《えとうじゅん》に触れた文章では、「私自身の不器用な生き方にも通じる」とか「だが、この人の野心、そして病ゆゑの焦り、しかし、もし假に、病でなかつたとしても、焦慮の中で己の身を焦し、その焦熱の爲に自滅したかとさへ思はれる子規の人間の精彩と悲惨とは、どこか、私の半生に重ならぬこともないやうである」とか「私は、石村ら、文學の志を同じくする何人かの人間と商賣を始め、麴町の汚いビルに雜魚寢をしながら、先の見通しもまるでないまゝ、文學をやる爲だけに、生にしがみついてゐた。見えない希望に齒を嚙みながら力みかへつてゐた」と書いている。小川さんの青春が透けて見えるような文章だ。おれより15も若くて、こんな純粋な文学青年がいたのかと思うと、ほんとに泣けてくる。他人事《ひとごと》ではない。おれだって、小川さんと同じような文学青年だったんだから。江藤淳、勝海舟《かつかいしゅう》から、ルソーにドストエフスキー、フルトヴェングラーから平野啓一郎《ひらのけいいちろう》まで、小川さんの文学愛が炸《さく》裂《れっ》するような重厚な文章がこれでもかと押し寄せてくる。正直にいって、自分の文章に陶酔しすぎ、という側面が感じられないわけではない。でも、過剰なほどの文学への愛に免じて、おれは目をつぶるつもりだ。そして、これは、もしかしたら無意識で書いているのかもしれないが、小川さんは、実によく自分のことを理解しているのである。

「强がつてゐなければ、彼らは、外側から容赦なく襲ひかゝる侮蔑と、内側から来る自尊心の崩壊に、耐へられない」（小川榮太郎「ドストエフスキー『死の家の記録』」より）

いや、もっと驚くのが、こちらだ。

「その最大の懸念の一つが、匿名の私語を公的に流通させられることから來る、他者感覺の鈍痲であるのは、間違ひない。他者性への畏れや慮りを忘れゝば、人々の内面は、たとへやうもなく荒廢し始める。我々が、實際の言語生活で、他者へのどれ程の配慮を必要としながら生きてゐるかを、考へてみるがいゝ。相手との關係や狀況により言葉の所作にその都度氣を配る、さうした慮りを拔きに、他者と共にあることは、どんな無神經な、どんな傍若無人な人でも、決してできない」（小川榮太郎「平野啓一郎『決壞』より）

「新潮45」の文章を読んでから、この文章を読んで（逆でもいいけど）、驚かないやつはいないだろう。同じ人間の文章とは思えない。「他者感覺の鈍痲」がダメって書いてんのに、「他者感覺」が完全に「鈍痲」した文章を書いてる……って、まるで二重人格ではないか。その通り。おれは、小川さんの全著作を読み、ここに、ふたつの人格があるように思った。ひとりは、文学を深く愛好し「他者性への畏れや慮りを忘れ」ない「小川榮太郎・A」だ。そして、もうひとりは、「新潮45」のような文章を平気で書いてしまう、「無神經」で「傍若無人な」「小川榮太郎・B」だ。まるで藤子不二雄《ふじこふじお》のようではありませんか。あの場合は、ほんとうにふたりで書いていたわけだけれど。

この本の中に収められた「川端康成『古都』――龜裂と抒情」は、実は２００３年の

「第三十五回新潮新人賞」評論部門の最終候補に残っていたという。その候補作「川端康成の『古都』」について、選考委員の福田《ふくだ》和也《かずや》氏は「冒頭の（中略）文章は、もちろん滑稽、諧謔として書かれているのだろうが、そうだとしても失笑をしか誘わない（中略）批評文としても、完成度がきわめて低い」とし、同じ選考委員の町田《まちだ》康《こう》氏は「乙にすました文章が、なんでそんな言い方をするのか分からず」としている。小川さんは、書き直したようだが、おれの受ける印象も、15年前の選考委員諸氏のそれとあまり変わらない。結局、この文章は受賞を逃すのである。

　それから、小川さんが、どのように生きていたのかはわからない。小川さんが、はっきりと姿を現すのは、それから9年後、２０１２年のことだ。デビュー作となる『約束の日――安倍晋三試論――』（幻冬舎）をひっさげて登場し、以降、怒濤《どとう》のように本を出し、右派論壇の寵児《ちょうじ》となるのである。その『約束の日』は、安倍《あべ》晋三《しんぞう》氏への愛に満ちた本だ。文学以外でも、こんなに愛情深く書くことができるのだ、と思うと、なんだかおれは胸が熱くなった。そして、この本は、安倍氏の政治団体が数千冊買い上げたことでも有名になった。そのことを、小川さんは、どう思ったろうか。

『小林秀雄の後の二十一章』のあとがきで、小川さんは、本が出来た由来について書いている。

「あれは、今から二年八ヵ月前、平成二十四年の十月のことだつた。

忘れもしないその日、私は京都北山のコンサートホールで、クリスティアン・ティーレマン指揮シュターツカペレ・ドレスデンのブラームスを聴いてゐた。山襞に美しい秋の陽が差すその幕間に、電話が鳴つた。

幻冬舎の見城徹社長からの御電話だつた。

『小川さん、色々評論を書いていらつしやるんでせう？　もし宜しければ、うちから纏めて出しますが、如何です？』

望外のことだ。

いや、望むことさへ無理だと思つてゐた私は、最初、見城さんの御申し出の意味が、殆ど理解できない程だつたと言つてゐゝ。幾ら何でも、私の文藝批評などといふ、時流と餘りにも交はらない仕事を本にしてくれる――いつかどこかで必ず出したいとは思つてゐたが、全く當てはないのが正直な所だつたのである」

平成二十四年十月というと、同じ幻冬舎から、『約束の日』を出した翌月だ。「色々評論を書いていらつしやるんでせう？」というぐらいだから、見城徹氏は、小川さんの評論は読んでもいなかったのだろう。ということは、おれなら「これ、前の本のご褒美だな」と思う。小川さんは、どう思ったのかな。そのことを考えると、おれはまた、胸がしめつけられるような気がしたのである。

　小川さんは敬愛する「小林秀雄の文業を繼ぐこと」を示すために、この本を作った。だから、造本も、小林秀雄の『本居宣長』を踏襲《とうしゅう》している。それほどまでに、小林秀雄への愛は深かったのだ。そんな小川さんが、『本居宣長』も小林秀雄全集も出版している新潮社へ初めて寄稿することになった。というか、かつて自分を新人賞で落とした新潮社の雑誌に、である。どんな思いで、書いたのだろう。しかも、求められたテーマは、愛してやまない文学とはなんの関係もなかったのだ。なんだかとても寂しいことだ。

「小川榮太郎・A」と「小川榮太郎・B」は、お互いのことをまるで知らないように存在している。同じ人間だと知ったら、内部から崩壊してしまうことに薄々気づいているからだろうか。その構造は、ジョージ・オーウェルが『1984年』で描いた「二重思考」にもよく似ている。あれは、強大な権力に隷従《れいじゅう》するとき必要な、自らの内面を誤魔化《ごまか》すための高度なシステムだったのだが。おれは、憎しみのことばを吐き散らす人たちの内面も、こんなふうに悲しく分裂しているのではないかと思うことがある。そう思うと、おれは、彼らを、簡単に責めることができないのである。

午前0時の小説ラジオ

＊２０１０年〜２０１２年にツイッター（@takagengen）で不定期に発表された「午前0時の小説ラジオ」を著者がセレクトの上、一部加筆修正をしております（肩書き他、基本はツイッター発表時のまま）。「初出日時」は各回の文末に掲載。

メイキングオブ『「悪《あく》」と戦う』

第1夜

〈予告編〉

①あと少し、24時頃から「メイキングオブ『「悪」と戦う』」という連続ツイートを始めます。毎日、同じ時間に少しずつ、2週間ほど続ける予定です。中身は、ぼくの新作に関するあらゆること。具体的には始めてみないとわかりません。なにしろ、ふだん寝てる時間帯だから、起きられるか……。

②ツイッターを始めて4カ月、なんとなくわかったことがあります。それは、ツイッターの「公共性」が、小説の「公共性」とよく似ていることです。いや、「小説」の「なにをやってもかまわない」という性質が、ツイッターのそれとよく似ていると言っていいかもしれませんね。

③ツイッターという「歩行者天国」で、ギターを抱え、通りすがりの人に歌うおじさん

（「なに、あの人？　お客いないじゃん」）をやってみます。一つ決めているのは、ツイートすることは、ふだんぼくが原稿として書いているものと同等以上のクオリティーにすること。そしてそれを無料で配る。

④昨日（今日？）、ツイッター上で、岡田斗司夫《おかだとしお》さんと町山智浩《まちやまともひろ》さんの間でちょっとした「論争」がありました。岡田さんが「社長の岡田さんに月1万円ずつ払う社員でできている会社」を作ろうとしたことに、町山さんが「違法ではないか」と言ったのです。確かに町山さんの言う通り、違法です。

⑤岡田さんはなぜそんな変なことを思いついたのか、岡田さんは、社員から1万円ずつ集めた会社（そこでは岡田さんが社員にスキルを教えます）からの金で生活し、その代わり、どこかへ原稿を書く場合はすべて無料で書こうと考えたのです。ひとことで言うなら、「商品経済からの離脱」です。

⑥どんな表現も「商品経済」から逃れられないとするなら、岡田さんの「会社」は単なる夢想にすぎないのでしょうか。「商品経済」はきわめてよくできたシステムです。しかし、ぼくは、「商品経済」の「外」に、可能性を見いだそうとする岡田さんの強い願望がわかるような気がしたのです。

⑦岡田さんの「会社」もまた、新しい「共同体」への希求の現れでしょう。そして、そう

いう人を見ると、人は「なんておかしなことを考えてるんだ、狂ってる」と言ったりするのです。でも、狂ってなきゃできないこと、狂ってなきゃ見えないこともあるんですけどね。

⑧最初のツイート以外にはなにも決めていません。ふだん原稿を書く時と一緒です。キース・ジャレットみたいに即興です。途中で立ち往生するかもしれないし、子どもたちが寝ぼけて書斎に侵入してくるかもしれない。その時はごめんなさい。それでは、「午前0時の公共性」をお待ちください。

〈本編〉

①この間、ゼミで村上春樹《むらかみはるき》さんの『1Q84《ichi-kew-hachi-yon》』BOOK3を読んで、みんなの感想を訊《き》いた。みんなはそれぞれ、テーマやメッセージや隠された謎やその解釈についていろいろしゃべってくれた。なかなかのものだった。その時、T君が、突然こんなことを言い出したのだ。

②「テーマもメッセージもなにもないと思うんです。空っぽなんだと思うんです」。「じゃあ」とぼくは言った。「そこにはなにがあるの?」。すると、T君は、「村上さんは、小説を書いているんだと思う。というか、小説を書きたいんだと思う。ただそれだけ。他

にはなんにもなし」。
③「いちばん大切なのは、小説を書くこと、他はどうでもいい！」。T君の発言は、みんなを困らせた。なにがなんだかわからない。でも、ぼくはものすごく面白いと思ったんだ。村上さんのその本が、そうであるかは置いておくとして、T君は、ふつうの人が思いつかないことに気づいた。
④ふつう、小説で大切なことというと、作者が言いたいことや、物語や、テーマや、文体やら、ということになる。でも、T君によれば、小説は、なにも積んでいなくても、ただそれだけで価値がある。積載物ではなく、それを積んでいる本体（車体？）の方に意味がある、のだ。
⑤なんだか抽象的な話になっちゃいそうだなあ。いかんいかん。具体的な話をしてみよう。「小説しかない」という小説の、最近のもっともいい例は東浩紀《あずまひろき》さんと桜坂洋《さくらざかひろし》さんの『キャラクターズ』だと思う（もちろん、「小説しかない」わけじゃなく、それ以外のものもたくさん詰まっているが）。
⑥ぼくは『キャラクターズ』の評価が低いことに、というか、際物《きわもの》扱いされることにほんとにガックリしていた。東さんの『クォンタム・ファミリーズ』は「文学作品としては」『キャラクターズ』よりずっと上かもしれないが、「小説の強度」としては、『キャ

ラクターズ』の方が上だ。

⑦『キャラクターズ』に読者は（というか、批評する側は）、例外なく困惑する。作者がふたりいること、にだ。ぼくたちは、作者というものはひとりであり、そのひとりしかいない作者のメッセージを解読することが「読む」ことだと「思わせられている」。

⑧もしふたりの作者が、作品内で勝手に、それぞれの道を行ってしまったら、読者はどう解読していいのか、自信をもって言うことができなくなってしまうだろう。でも、それでいいのだ。わからなくっても。というか、わからなくするために、作者は、小説という手段を用いているのだ。

⑨小説というものは、ほんとうは「『私』は、『私』以外の他人、『私』以外の『私』を実は理解できない」ということを証明するために書かれているからだ（とぼくは思っている）。だから、誰が書こうとほんとうは小説なんか意味がわからないのだ（他人の考えていることがわかりますか?）。

⑩なのに、ふだんぼくたちは、わかったような気がしてしまう。他人が考えていることがわかるような気がしてしまう（そんな気にさせてしまう点こそ、多くの小説の重大な「罪」）。そんなぼくたちの目の前に、ふたりの作者が書いた一つの作品が現れる。ただそれだけでぼくたちは不安になる。

⑪ふたりの異なった意見を持つ他人が目の前にいる。面白いのは、そのふたりがお互いに理解し合ってはいないように見えることだ。だから、ぼくたちは不安になる。彼らの間にコミュニケーションがないように、ぼくと彼らの間にも理解し合えるものはなにもないのではないか。

⑫以前、ある雑誌で阿部和重《あべかずしげ》さんと中原昌也《なかはらまさや》さんが「共作」するという話が出た。実現はしなかったけれど（たぶん）、その話を聞いた時、ぼくは「さすが」と思った（「馬鹿なことやってる」という反応が大半だった）。小説がほんとうはなに（でありうる）のか彼らにはわかっていたのである。（＊「文藝」二〇〇四年夏号で実現）

⑬小説は一つの「公共空間」だ。公共空間とは「複数の、異なった、取り替え不可能な『個』がいる空間」だ。なぜ、そんなものを書こうとするのか、それはぼくたちが日々「公共空間」を生きているからだ。もしくは、いま生きている世界に「公共性」を取り戻したいと考えているからなのだ。

第2夜

〈予告編〉

①昨晩は「メイキングオブ『「悪」と戦う』」にお付き合いいねがい、ありがとうございました。びっくりするくらい反響がありました。一晩でフォロワーも500人以上増えました。今晩も、「歩行者天国」で、24時スタートの予定です。

②昨日は、小説について一般的な話をしました。今晩は、もっと具体的なことを呟くつもりです。『「悪」と戦う』を執筆していた時に起こった「事件」、そして、45年前に大江《おおえ》健三郎《けんざぶろう》さんの小説に起こった「事件」、その二つについてツイートする予定です。変なことを言わないよう気をつけます。

③最初のツイートと大まかな内容は決めていますが、やってみないとわかりません。昨日も言ったように、すべて即興。準備なし、メモなし、すべて記憶が頼りです。途中で立ち往生したらその日はそれでお終《しま》い。間違いは、後で訂正します。

④準備なし、メモなしは、講義や講演も同じで、だったら90分は大丈夫なはずですが、どうも30分ちょっとが限界みたいです。100メートル競走や潜水泳法みたいに、無呼吸でしゃべってる感じだからです。体にはよくありませんね。

⑤誰でも書けるようになる時代です。ということは、「歩行者天国」には無数の「路上演奏家」がいる。「コンサートホールでも演奏できるのに、どうしてわざわざ『路上』でやるんですか」と訊《たず》ねられました。みんなが「路上」でやるなら、ぼくは「路上演奏家」としても最上のものをやりたいから。

⑥その上で「コンサートにも来てください。あっちは有料だけどその価値はあります」と言いたいからです。いまどき、「コンサートホール」も赤字なんだけど。

⑦24時スタートだけはなんとか死守するつもりです。「あっ、あの人、またあそこでなんかやってる」でいいんです。なんだか、数寄屋橋でいつも演説していた赤尾敏《あかおびん》みたいだけど。赤尾敏は流れてゆく群衆に向かって、一歩も動かず、説得し続けようとしていました。バカだな。でも、得難いバカです。

⑧それじゃあ、24時に。またお会いしましょう。

〈本編〉

①去年の正月、当時2歳と9カ月の次男（しんちゃん）が急病になり、救急車で病院に運ばれた。ただの発熱と嘔吐《おうと》から、病状が一変したのは1月1日の早朝のことだった。水を飲ましても口からこぼし、話しかけても返答はない。時々獣みたいに吠えるだけ。

②病院に着いたしんちゃんはすぐに腰椎穿刺《ようついせんし》を受け、MRIとCTの検査を受けた。ぼくと妻を控室に呼んだ医師ははっきりとこう言った。「急性脳炎だと思います。助かるかどうかわかりませんし、仮に助かったとしても、重篤《じゅうとく》な後遺症が残る可能性が高いと考えてください」

③ぼくは集中治療室のベッドにほぼ全裸でくくりつけられているしんちゃんを見た。体はほとんど動かないのに、その動かぬ体で、体から延びたチューブを外してしまわぬように、くくりつけられていたのだ。ぼくはすぐには事態を受け止めることができなかった。死ぬ？　麻痺《まひ》？　植物状態？

④集中治療室を出たのは、救急車で運ばれてから1週間以上たった時だった。生命の危機は脱したが、体はほとんど動かず、首も据わらなかった。目は開いているのだが、見えているかどうかもわからなかった。声をかけても反応はなく、なにもしゃべらなかった。「ことば」を失ってしまったのだ。

⑤医者は「小脳性無言症《しょうのうせいむごんしょう》だ」と言った。小脳に強いダメージを受けたしんちゃんは発語機能を冒《おか》されてしまったのだ。ぼくはおそれおののいた。なぜなら、当時連載していた『「悪」と戦う』の中で、しんちゃんをモデルにした登場人物の「キイちゃん」はしんちゃんと同じ症状になるからだ。

⑥「キイちゃん」は、「悪」と戦い、その代償として「ことば」を失う。でも、それは、小説の中の「お話」のはずだった。日頃、冷静な妻がぼくにこう言った。「あなたがあんな小説を書いてるからよ。いますぐハッピーエンドにして、小説を終わらせて」。ぼくは答えることができなかった。

⑦そんな馬鹿なと思われるだろうか。そんなものは偶然の一致だし、小説をどのように変えても、現実のしんちゃんの容体が変わるわけじゃない。もちろん、ぼくもそう思った。だが、そんな縁起の悪い話を書いているのなら、妻が言うように、ハッピーエンドにしてもいいじゃないか。

⑧ぼくは次の回で、「キイちゃん」がことばを取り戻し、小説を終わりにしようか、と本気で考えた。だが、できなかった。祈りを捧げるように、しんちゃんのために、小説の中身を変えてもいいじゃないかと思った。だが、やっぱり不可能だった。「できない」とぼくは言った。「どうしても」

⑨ぼくが、連載中の『「悪」と戦う』で、現実のしんちゃんと同じように、ことばを失って苦しむ「キイちゃん」の運命を変えなかったのは、それが不可能だからだ。小説家は、自分が書いている小説をどうにでもできるわけじゃない。なんでもしていいわけじゃない。できないことがあるのだ。

⑩いまから46年前、大江健三郎が『個人的な体験』という小説を書いた。作者に似た主人公の「鳥《バード》」に子どもが生まれる。生まれた子どもは、脳に障害を持っていた。「鳥《バード》」は激しく悩み、彷徨《ほうこう》する。そして、子どもが、自然に亡くなることすら夢想する。

⑪結局、「鳥《バード》」は、障害を持った子どもを受け入れ、その子と生きてゆこうと決意するところで小説は終わっている。大江健三郎の初期の代表作だ。問題は、『個人的な体験』が書かれてしばらくたってから起こった。誰も想像もしたことのない奇妙な問題だった。

⑫『個人的な体験』は、当時、結末部分が「ハッピーエンドすぎるのではないか」と批判された。仮に大江健三郎の個人的な体験に基づくものであるにしても、あまりにヒューマニスティックすぎるのではないかと。そして、後に、大江健三郎は、別の結末を持つ私家版を作ったのである。

⑬私家版の結末では、子どもは、無残に亡くなることになっていた。この、二つの結末を持つ小説について、江藤淳《えとうじゅん》が、作者の大江健三郎と雑誌で激論を交わした。江藤淳が批判したのは、作者が結末を変更した作品を書いたことではなく、「批評を受け入れる形で」書き直した点だった。

⑭江藤淳の厳しい追及に、大江健三郎は「結末はどのようにでも書ける」という意味の発言をした。ぼくには、江藤淳がどうして、あれほどまでに徹底的に問い詰めたのか、わ

かるような気がするのである。江藤淳という批評家は、誰よりも「私」と「公」を峻別《しゅんべつ》しようとした人だった。

⑮小説は、それを書く小説家という「私」のものだろうか。違う。ひとたび書き始められた時、小説も、そこに登場する人々も、その固有の運命から逃れられなくなる。なぜなら、現実のぼくたちがそうだから。小説は、現実を映す鏡であり、作者が恣《し》意的に「私する」空間であってはならない。

⑯作者が恣意的に登場人物を弄《もてあそ》ぶ空間に、どうして読者は入ることができるだろう。そこは恣意的な「私」空間であり、ぼくたちが運命をあずけることのできる「公」空間ではない。作者は、小説とその登場人物に対して、倫理的に振る舞う義務がある。「私」と「公」を繋《つな》ぐとはそういうことだ。

⑰小説には、そんな、書いている作者にもどうすることもできない物質性のようなものがあるとぼくは考えている。それがたとえ虚構の人物であっても、作者は、その運命を恣意的に扱ってはならないのである。では、登場人物たちの運命を変える権利は作者にはないのだろうか。

⑱少なくとも一つ、登場人物たちの運命を、恣意的にではなく変える方法があるような気がする。それは、彼らの世界の傍《かたわ》らに、彼らが登場するもう一つ別の世界を作ってみる

ことだ。ちょうど、『1Q84』や『クォンタム・ファミリーズ』がそうであるように。

いや、『「悪」と戦う』も。

第3夜

〈予告編〉

①メイキングオブ『「悪」と戦う』も今日が3夜目です。昨晩は、24時スタートと言ったのに、30分ぐらい遅れてしまいました。まさか寝坊するとは……。今晩は大丈夫です。もう寝ませんから。

②ぼくが早寝早起きになったのは子どもたちが生まれてからです。この5年ちょっとの習慣が変わりそうです。まだ眠いけれどすぐに慣れるでしょう。いまから30年前、作家としてデビューする前まだ肉体労働をしていたぼくは、仕事が終わってからの夜7時から9時までを小説の時間にしていました。

③激しい労働の後は2時間が、ぼくの肉体と脳が働く限度でした。最初はたいへんでした。体がつらくて。でも、半月もすると、午後7時になると、どんなに疲れた日でも不意に疲れがとれました。2時間するとウルトラマンのカラータイマーのように点滅して、ド

ッと疲れてしまったのですけどね。

④昨晩はしんちゃんが急性脳炎にかかり、それが連載中の小説と酷似《こくじ》した状況を生んだこと、でも、小説の結末を変更することが不可能だったことを呟きました。今晩は、もう一つその時起こったこと、考えたことを呟く予定です。実は、今日呟くことの方がぼくにとってはずっと大きかったのです。

⑤しんちゃんが入院していた病院は、日本でもっとも大きな小児専門病院の一つで、全国から重篤な病《やまい》に冒された子どもや難病の子どもたちが入院していました。そして、しんちゃんの周りで次々と子どもたちが亡くなっていきました。その時、しんちゃんのベッドの横で考えていたことです。

⑥だから、それは、今日初めて考えるのではなく、何度も繰り返し考えていたことです。でも、それは直接活字にするつもりはありませんでした。小説の中で書けばいいと思ったのです。しかし、今日は、なんとかことばにしてみたいと思っています。じゃあ、24時に、路上でお会いしましょう。

〈本編〉

①しんちゃんに「回復不能な後遺症が残る可能性が大きい」と言われた時、あらゆる親が

そうであるように、ぼくは、すぐにはその事実を受け入れることができませんでした。『「悪」と戦う』と同じようなことが起きているということなど、頭から消えていました。
②医者に宣告された夕方からの記憶は少し飛んでいます。自分に向かって「ちょっと落ち着いて考えてみよう」と言っていたような気もします。でも、それは記憶の捏造《ねつぞう》かもしれません。なにか異物が頭か胸の中に入り込んでしまったみたいで、ただひたすら苦しかったのです。
③数日前まで、元気で、ゲラゲラ笑って、走り回って「ぱぱあ！」と言っていた子どもが、体も動かず、口もきけず、無表情のまま、何十年も生きてゆくだけなのかもしれない。そう思うと、ぼくは死ぬほど恐ろしかったのです。それは自分の死よりも恐ろしいものにぼくには思えたのです。
④ぼくはあと20年ほどで死んでしまう。けれど、しんちゃんは、さらに50年も生きなきゃならない。その頃には妻もいないでしょう。世話は誰がするのか。金はどうするのか。ぼくは半日くらい、本気で「銀行強盗でもするしかないのだろうか」と考えるほどまで追い詰められていました。
⑤事実を受け入れることができたのは翌日になってからでした。ぼくは妻に「しんちゃんがどんな風になっても、すべてを受け入れ支え続けていこう」と言いました。すると妻

は不思議そうに「なに当たり前のこと言ってるの！」と言ったのです。妻は、初めから事実を受け入れていたのです。

⑥そして、あることが起こりました。きわめて不思議な、まったく予想もつかないことでした。どんなことがあってもしんちゃんを支え続けてゆこうと思った瞬間から、ぼくは、自分の内側から、ものすごいパワーが、生まれて初めて味わうぐらい凄まじいパワーが沸いてくるのを感じたのです。

⑦その圧倒的な感情は、１週間後、しんちゃんが劇的な回復をみせ始めるまで続きました。それは、生理的には、ある種の興奮のため、脳内のアドレナリンが沸騰《ふっとう》したにすぎないのかもしれません。けれど、そんなことを感じたことは、いままでなかったのです。あれは何だったのでしょう。

⑧その話を、詩人の佐々木《ささき》幹郎《みきろう》さんにした時、佐々木さんは、「わかるよ！」と即答しました。佐々木さんは（確か）おとうさん・おじさん・双子の弟が次々と倒れ、介護しなければなりませんでした。ひとり目は愕然《がくぜん》、ふたり目は呆然、けれど倒れた三人目の弟の歪《ゆが》んだ表情を病室で見た時、……

⑨…佐々木さんは、やはり、激烈なパワーが沸いてくるのを感じたのです。病院で、緩《ゆる》やかに回復してゆくしんちゃんの相手をしながら、ぼくは、ずっとそのことを考えていま

した。その病院は、日本でもっとも大きな子どもも専門病院で、重病や難病の子どもたちが次々入院してきます。
⑩……そして、どんどん死んでゆく。つい昨日までベッドに寝ていた小さな女の子の姿が見えない。昨晩亡くなったのです。深夜、しんちゃんをおんぶして、廊下を歩いていると、ガラス越しに、酸素マスクをつけた幼児を、両親が身じろぎもせず見つめています。
⑪そしてベッドは空になっている。まるで、ぼくは戦場のようだと思いました。硝煙《しょうえん》の中で、子どもたちがばたばた倒れてゆくのです。けれど、ぼくは、不思議なことに気づいたのです。そんな重病の子どもを持つお母さんたちの表情が、きわめて明るいことに（逆に父親の表情は暗いのです）。
⑫いったい、彼女たちは、なぜあんなに明るい（ように見える）のだろう。ぼくは、ある時、食堂で、三つの難病を抱えて、三つの病院を転々として、何年もほとんど家に戻れない子どものお母さんに、質問をしたのです。「どうして、そんなに、明るく振る舞えるんですか」と。
⑬すると、そのお母さんは笑って「そりゃ明るくしなきゃ、やってられないでしょ」と前置きし、こうおっしゃったのでした。「あの子は、うちの太陽だからです。そのことに、あの子が病気になってから気づきました。いまでは病気になってよかったと思えるぐら

い」と。
⑭ぼくはこう考えるようになったのです。ぼくたちがすることで「ぼくでなければならない」ことがいくつあるでしょうか。仕事をする。でも、その仕事は他の誰かでもできる。なにか楽しい遊びをする。勉強をする。抗議する。何だっていい。どれもぼくじゃなきゃならない理由はないのです。
⑮けれど、この世界には、どうしてもその人でなければならない、他に代わりがないことがあります。しんちゃんが身動きできない体になったとするなら、その世話をするのはぼく（と妻）です。ぼくは「指名」されたのです。かけがえのないたったひとりの人間として、です。
⑯過酷な条件と引き換えに、その「指名」された人間は、他の誰とも交換不能な「個」の徴《しるし》を手に入れる。あの、説明不可能な「喜び」の感情の中には、その逆転があったのではないでしょうか。それが奇麗事《きれいごと》であるのはわかっています。しんちゃんは、いまでもリハビリを続けています。
⑰見た目にはふつうの子どもと変わりはありません。ぼくは結局「指名」されたのではなかったのですから。でも、それから、ぼくは、しんちゃんが陥りそうになった「弱者」の立場について考えるようになりました。そこには、小説の秘密が隠されているのでは

ないかと思ったのです。
⑱すいません。もう少しで終わります。ぼくもそろそろ限界です。なにかが繋がりそうなんです……。
⑲「弱者」は「守るべきもの」だと社会は言います。でもその「守る」は「排除する」という意味です。「弱者」とは「ふつうではない人びと」のことです。しんちゃんがなるかもしれなかった「障害者」、「老人」、「病人」、もしかしたら「在日外国人」や「女・子ども」もそうかもしれない。
⑳「弱者」とは「ふつうの人びと」、つまり大多数（と思われている）「強者」にとって異質なものです。それは、要するに「他者」なのです。だから、社会は「他者」である「弱者」を排除しようとする。老人や病人は、家庭から病院へ連れ出し、障害者は逆に家庭に閉じ込めるのです……。
㉑それは、「弱者」を「強者」の目に入らないようにするためです。けれど、「強者」だけの世界はもろい。均質な世界こそもっとも脆弱《ぜいじゃく》なのです。この世界が生き延びてゆくためには、そのすぐ傍に「弱者」を必要としているのかもしれません。三人を介護した佐々木さんはこう言っていました。
㉒「介護とは要するにその人の傍にいること。ただそれだけ」と。ぼくたちは、生きる力

をもらうためにこそ「弱者」の側に立つべきなのかもしれません。そしてさらに、ぼくはこう考えたのです。「では、いちばん弱い者とは誰だろう」と。もっとも弱い者、それは「個」なのです。

㉓自分では「強者」であると、思い込んでいるすべての「個」は、やがて、老い、死に近づき、社会から排除され始めて、突然「強者」であることが幻であったと知る。そして、自分が「弱者」として分類されたことに愕然とするのです。だが、最初からそうだったのではないでしょうか。

㉔ほんとうには誰のことも理解できず、ほんとうには誰からも理解されない。そのようなものとして「個」は存在しています。本質的な意味で「弱者」である「個」は、そのことを知らされないまま放置されるのです……。世界でもっとも弱い者として。

㉕小説とは、そんな「個」に、最初から最後まで寄り添うことを運命づけられた芸術だと、ぼくは思っています。小説は、なにも語る必要はありません。死ぬべく運命づけられた、孤独な、「個」の側に、無言で、けれども断固として立つのです。

㉖そのような孤独な「個」の共同体がありうることを唯一のメッセージとして。死すべき者の側に立つことを最大の喜びとして。以上です。ご静聴《せいちょう》ありがとう。

第4夜

〈予告編〉

①「メイキングオブ『「悪」と戦う』」も、今日で4夜目です。昨日は、1時間過ぎても終わらず、ツイートしながらはらはらしていました。水面下にもぐったきり浮上できない感じでした。今日はもう少しゆったりした気持ちでやれればいいなと思います。やってみなければわかりませんけど。

②140字以内っていうのが、いいのかもしれませんね。最初から1000字も2000字もあったら、ぼくだって読みません。でも140字ずつなら、ふだん読んでいる時、文章と文章の間で少し休むでしょう。あの「息継ぎ」の感覚です。そうか、やっぱり「息継ぎ」しながら泳いでるのか。

③今日は、ぼくが大学院で最初に教えたAくんの修士論文のことをツイートします。それは、ぼくと二人三脚で作りあげた論文でした。最初は暗闇、それから、驚くべき展開の果てに、ふたりとも想像もしなかった結論が出ました。ここ何年かで、ぼくがもっとも震撼《しんかん》させられたのは、その論文だったのです。

④キリスト教と信仰と純粋贈与、それに原罪と小説についてのツイートになるでしょう。

願わくば、昨日より早く終わりますように。そうしないと、体がもたないです。それでは、24時に、路上でお会いしましょう。

〈本編〉

①初めて会った院生のAくんの印象は「冴《さ》えないなあ」というものでした。「一緒にやっていけるんだろうか」と思ったのです。加藤典洋《かとうのりひろ》さんの『敗戦後論』を修士論文で書きたいというAくんと文献をいろいろ読み始めました。でも、彼が考えていることがわからない。

②修士論文にとりかかっても同じでした。加藤さんの本の内容をまとめたものばかり。「君の意見がないじゃないか」とぼくは叱責《しっせき》し、「ほんとうにやりたいことはなにか考えてこい」と突き放したのです。数日後、講義室に現れたAくんの口からびっくりするようなことばがでてきました。

③「ぼくは小さい頃、『幼児洗礼』を受けました。それがトラウマになって、前へ進めないんです」と。幼児洗礼って何? というのが、最初の感想でした。しかし、そこにはなにかがある、と直感が教えてくれています。だから、ぼくはAくんに「『幼児洗礼』をやろう」と言ったのです。

④キリスト教の多くの教派では、赤ん坊に「洗礼」を施《ほどこ》します。つまり、「キリスト教徒」になるのです。よく考えれば変ですよね。「信教の自由」は世界中で認められた権利なのに、知らないうちに「キリスト教徒」にさせられるって。ぼくたちは調べていく中である事件に出会いました。

⑤戦争中のことです。20世紀最大の神学者カール・バルトが、キリスト教界を揺るがす発言をしました。「教会の洗礼論」と名付けられた講演で、バルトは、「幼児洗礼は、教会のからだにつけられた傷」と激烈な批判を行ったのです。バルトの批判は、簡単に言うと、こういうものでした。

⑥「信仰は、主体的責任を負うことのできる個人が、神との間に直接結ぶ契約なのだ。判断できない幼児に、洗礼という強制を行うのは、信仰でもなんでもない。国民教会に成り下がった教会の組織防衛の儀式にすぎない」と。このバルトの論理は揺るぎないように思えたのです。

⑦ぼくはキリスト教徒ではありません。そんな無宗教のぼくにとっても、バルトの論理は過《あやま》ちがないと思えました。動揺するキリスト教の世界から、敢然《かんぜん》とひとりの牧師がバルトへ反論を開始したのです。名はオスカー・クルマン。彼は、バルトの発言の真摯《しんし》さを認めつつ、こう言ったのです。

⑧「バルト博士。あなたの論理は悲しいほどに正しい。けれど、一つだけ間違っている。あなたが言っているのは、宗教ではないのだ」と。バルトは、主体的な判断ができない幼児への洗礼は、罪だと断定しました。しかし、クルマンは「幼児洗礼は、神からの愛の純粋贈与だ」と言ったのです。

⑨「幼児は洗礼によって信仰を強制されるのではない。あらゆる洗礼がそうであるように、まず、神からの愛の純粋贈与がある。これは純粋贈与だから、拒否することも、無視することも、止めることも可能だ。子どもたちはまず愛されたのだ。幼児洗礼にそれ以外の意味はないのである」

⑩ぼくはキリスト教学者ではないので、この論争がどうなったのか詳しくは知りません。けれど、ぼくは、バルトは「負けた」と思ったのではないかと考えています。バルトの信仰の論理は「主体的な個人」と「神」との1対1の契約です。しかし、その論理には致命的な欠陥があるのです。

⑪「主体的な個人」と「神」、でもその関係は「等価交換」の原理そのものです。「ぼくは全存在を懸ける」だから「そこに信仰が発生する」。それって、中世の「免罪符」の構造、「教会にお金を払う」＝「死後の世界に貯金する」と同じです。それは、宗教というより現世の論理なのです。

⑫バルトの「揺るぎなき個人」、「主体的な個」、「全責任を負う自己」、どれもかっこいい。当然に聞こえる。でも、それって、宗教の外でも、あらゆる場所で、学校でも、国家でも、称賛される言い方じゃないでしょうか。クルマンの批判はおそらくそこにあったのです。

⑬じゃあ、クルマンの言う「愛の純粋贈与」ってなんだろう。ぼくとAくんの研究はそこに向かいました。そして、びっくりするようなものを見つけたのです。それは、宗教を成立させる論理、現世の論理とは衝突するような論理でした。たとえば、キリストはゴルゴダの丘で処刑されます。

⑭なぜ、キリストは十字架に上ったのか。「自分とは無関係で、会ったことも見たこともない、未来の人々も含めた、全人類のために、勝手に」です。その結果、キリストは殺される。バカでしょう。そんなことをやる人は。「等価交換」＝「商品経済」の論理で生きている人間はそう考える。

⑮「神の国？　なんか下心、あるんじゃないの」と考える。「そうでなきゃ、あんなことしないだろう」と。現世を生きる者は誰だって。ところが、キリストは頼まれたわけでもないのに、無関係な人のために死ぬわけです。「愛の純粋贈与」です。ここからです。不思議なことが起こるのは。

⑯キリストが死んだ後、それまでキリストを無視してきた人々が、信仰の道に入った。キリストの言ったことが理解できたから？　違います。「わからなかったから」だと思うのです。それまでなんでも理解できる（等価交換の原理）と思ってきた人たちが、初めて理解できない原理に触れた。

⑰地上の論理、生きる論理とは、この商品経済の世界の論理そのものです。等価交換するためには、お互いの価値を「わかる」必要があります。理解できないものは交換できないのです。すべてが商品経済の論理で埋めつくされた世界。でも、違う原理があることをぼくたちは知っています。

⑱商品経済以前、贈与経済という不思議な世界がありました。神の「愛の純粋贈与」はその名残なのかもしれません。宗教の論理は、地上の論理と違うものが、この世に存在することを教えてくれます。いや、宗教の他にも、地上の論理と違うものはあります。たとえば、恋愛だってそう。

⑲相手のことが「わからない」から、好きになる。いろいろ検討した結果、恋愛対象としてふさわしいから好きになる……そんなの恋愛じゃないとバルトもクルマンも言うに違いありません。「わからない」から魅《ひ》かれる。それは、地上の論理以外の論理をぼくたちが求めているからでしょうか。

⑳これでも論文の4分の1ほどです。一夜じゃ無理ですね。この話はまたすることにしましょう。ただ、一つだけ、言いたいことが残っています。そうです。小説の、というか、芸術の「論理」は、「地上の論理」ではないはずだ、ということです。仮に、それが商品として流通していようと。

㉑小説を読む。そこに「わからない」なにかがある。そこには、ゴルゴダの丘に登ったクレージーな男がやったことと同じなにかがあります。地上に生き、そこで死んでゆくはずのぼくたちにとって理解できないなにかが。だからこそ、ぼくたちは、懲《こ》りずに明日もまた小説を読むのです。

㉒今晩は、ここまでにします。ありがとう。聴いてくれて。

第5夜

〈予告編〉

①こんばんは。もうすぐ「メイキングオブ『「悪」と戦う』」5夜目の時間です。妻の実家に遊びに行っていた子どもたちが帰ってきたのでてんてこ舞い。急に時間が倍の速度で流れ出したみたいです。さっきまで飛び跳ねていたのに、もう爆睡《ばくすい》している。邪魔され

ずにツイートできそうです。

②昨日は、ぼくが教えた大学院生Aくんの修士論文の話をしました。「幼児洗礼」の謎から、キリストの「愛の純粋贈与」まで。その続きをもう一晩します。その論文のタイトルは「『関与していないことについて、わたしたちは有責である』ということ」というものでした。変なタイトルでしょ?

③もっとくだけた言い方をするなら「わたしたちは、わたしたちと関係のないこと、やってもないこと、見てもいないこと、についても責任を負わなきゃならないことがある」ということです。修士論文の審査では、他の先生たちがくびをひねったのも無理はありません。でも、それが、1年間の…

④…ぼくとAくんの対話の果てに出てきた結論だったのです。昨晩、ひさびさにその論文を読み返して、ぼくは、それのどこまでがぼくが考え、どこまでがAくんの考えだったのかわからなくなっていることに気づきました。教える、ということは、同時に教えられる、ということなのかもしれませんね。

⑤ところで、ぼくの話が、毎晩、いろんなところへ飛んで(跳んで?)ゆくのに、最後には小説のところへ戻るのには理由があります。それは(ぼくの考えでは)、小説というものが、あらゆる表現ジャンルの中で、もっとも人間に関心を持っているからです。小

説は、およそ人間に関することなら…

⑥…それがどんなものであっても興味を持たないことはないのです。天上のことから地下のことまで、なんであっても。それでは、24時に。

〈本編〉

①もともと、Aくんは加藤典洋さんの『敗戦後論』について論じるために、大学院に来たのです。けれど、遅々《ちち》として進まぬ研究に業《ごう》を煮やしたぼくが「きみがほんとうにやりたいのは？」と問うてやり始めたのが「幼児洗礼」の研究でした。キリスト教の幼児洗礼は…

②…赤ん坊が、自らの自由意志ではなく洗礼を受けることに根本的な矛盾《むじゅん》を抱えていました。それを「教会のからだについた傷」とまで批判したバルトに対して、クルマンが「主体的な信仰などより、神からの一方的な純粋贈与としての愛の方が上だ」と論難したことは、昨晩説明した通りです。

③そこまで調べたぼくとAくんは、突然、ぞっとすることに気づいたのです。Aくんがやろうとしていた『敗戦後論』の中身が、「幼児洗礼」と同じじゃないかということに。加藤さんが『敗戦後論』で言おうとしたのは「憲法（9条）は戦勝国の威圧の下に、日

本国民に押しつけられた…
④…『主体的に』憲法を作れなかった、自前の憲法ではなかったことが、我々の深いトラウマになっている」というものだったのです。そう。「憲法」という「信仰」を、自由意志からではなく、押しつけられた「赤ん坊」が、「日本国民」だったのです。目を見張る発見に、ぼくたちは…
⑤…『言語表現法講義』の中でもっとも記憶に残るエピソードに引きつけられました。それは沖縄の「ひめゆりの塔」を見学したひとりの学生が「不快感」を綴った文章についてです。その学生は「自分に責任のない過去の戦争について償いの気持ちを要求されること」が不快だったと書いたのです。
⑥そこにはなにかがある。「幼児洗礼」の苦痛から憲法、そして「自分に関係のない過去の戦争の責任を負わされることの不快」へ。ぼくとAくんは、その「疑問の海」にダイヴしていきました。小熊英二《おぐまえいじ》さんの『〈民主〉と〈愛国〉』に出会ったのもその頃です。その本の中で小熊さんも…
⑦…同じ問題にぶつかっていました。敗戦直後の知識人たちの言動をつぶさに検討した小熊さんは、かれらが一様に「罪責感」を口にし、「裏切り」や「告白」といったキリスト教用語が頻出し、「敗戦という悔恨を原罪にして主体性を作れ」という言い方をして

いたことに気づいたのです。

⑧キリスト教はわからない。神からの愛の一方的贈与というのもわからない。誰にも頼れないのに愛を与えるなんて。もっとわからないのが、「原罪」というやつです。自分ではなにも悪いことをしていないのに、最初から罪がある、というんです。いったい、それってどんな意味があるのか。

⑨悪いことをしたら罪がある。悪いことをしなければ罪がない。「等価交換」の原理で言うと、こうなるはずです。ところが、「原罪」では、最初からマイナスです。神が最初から愛をくださってプラスだった分をちょうど人間の原罪で差し引いてプラマイゼロ。その計算はどこから来たのか。

⑩その原理は、等価交換の「原理」が生まれるずっと前からあったものだと思います。人間は自然の前ではか弱い存在でした。それ故、自然の現象一つひとつに、自分たちへのメッセージを読み取ろうとした。宗教もそうです。そこでは「自然現象」や動物とさえ交歓することができたのです。

⑪「わたしには関係ない」ということばは常に正しい。ぼくたちは自分と関係のないものについてなんの責任もない、と言うことができます。しかし、それはある時代以降、ある制度以降の言い方であることに気づくべきなのです。ぼくたちが生きる世界は人々を

「個」にまで切り刻んだ……。

⑫「一家四人」の家に炊飯器は一個ですみます。けれど「一家ひとり」なら、四人のそれぞれが炊飯器を買わなきゃならない。すべてを「個」に、が等価交換の原理の行き着く先、資本主義の世界の結論です。そして、「個」は、常に「自分とは関係ない」と言う権利を有するのです。

⑬全員が「わたしには関係ない」と言う世界。それがぼくたちの世界です。そして、それは正しい。その結果がどうなってしまったかはご存じの通りです。いや、それは最近のことではありません。キリストが生きた世界もすでにそうだった。そして、キリストは、そんな世界に向かって…

⑭…「わたしに関係のないことはない」と奇妙なことを言い、頭がおかしいと言われたのです。「原罪」とは言い換えると、「この世界に関することはすべて自分と関係がある」ということです。頭がへん？ その通り。しかし、それは、切れた繋がりを繋ぎ直す、最後の手段ではなかったのか……。

⑮Aくんとぼくが見つけたのは、「幼児洗礼」の理論でもあり、「憲法9条」の独創性でもあります。この世界で、ぼくたちが唯一と考えている原理以外の原理がかつてあったこと。それは、たとえば宗教という形でも、残っていること。そして、どれほど抑圧され、

無視されても、必ず…

⑯…その原理は、不思議な力で、復活してくるということです。たとえば、レヴィ＝ストロースが「野生の思考」と呼んだものもそうです。いえ、その、もう一つの原理は、多くの小説の中で息づいているとぼくは考えているのです。そこは、ある意味で、キリストが立った荒野なのです。

⑰Aくんは、「関与していないことについて、わたしたちは有責である」という論理は、苦痛ではなく、希望への道であるとしました。誰かが「有責である」と申告することからしか、争いが終わることはないのですから。そのような不思議な原理があることを、小説はよく知っているのです。

⑱Aくんの論文はここからさらに、憲法と宗教と国民国家の原理へと攻め上ります。でも、もうここまでとします。この次は、小説の中の表現について具体的にしゃべりたいと思います。Aくん、元気ですか？　教わったのはぼくの方でした。ほんとに感謝していますす。ありがとう。

⑲以上です。思考のごった煮だったかもしれません。もし少しでも、考えるきっかけにしていただければ、それ以上の喜びはありません。明日も、みなさんにとって、良い日でありますように。さようなら。

第6夜

〈予告編〉

①「メイキングオブ『「悪」と戦う』」も今日で6夜目です。今日は少々（もしかしたらおおいに）おかしなことをやりたいと思っています。予告編もいままでより長く、本編はさらに長くなるかもしれません。それにその本編も「全文引用」のつもりです。ぼくの「自分のことば」はありません。

②確かに「自分のことば」は大切です。「下手でもいいから自分のことばで表現するように」と教師は生徒たちに教えてきました。でも、それは控えめに言ってもウソでしょう。ぼくの知る限り、「自分のことば」といえるようなオリジナリティーがあるのは小学校4年ぐらいまででしょう。

③そのあとは、教育され、教え込まれた、みなそっくりな「自分のことば」になってしまうのです（ぼくのことばもそこから完全に逃れてはいません）。だとするなら、「他人のことば」でもいいから、上等のものを聞きたいと思うのです。ぼくが、昔から引用が好きなのは、そのせいかもしれません。

④ぼくは19歳の1年間のうち、8カ月を東京拘置所で過ごしました。そこでの楽しみは、

独房の天井近くのスピーカーから聞こえてくるラジオ放送でした。なかでも、もっとも愛聴したのは、NHKの朗読で、ぼくは、森繁久彌《もりしげひさや》の『南総里見八犬伝』や『イワン・デニーソヴィチの一日』を聴いたのです。

⑤あの頃、なぜあれほど感動したのでしょうか。確かに、独房での拘禁《こうきん》生活では他に楽しみもなかったからかもしれない。出所後、『八犬伝』も『一日』も読み返してみましたが、あの時の感銘はありませんでした。思うに、朗読はことばを異様に遅くたどるのです。読むことが空を飛ぶことだとしたら…

⑥…ぼくは聴きながら、ことばの地べたを這いずりまわっていたのかもしれません。もともとラジオが好きだったぼくが、さらにラジオが好きになったのは、その後でした。ツイッターを使うようになって4カ月と少し、ぼくはこの空間が、ラジオに似ていると思うようになりました。ことばを異様に…

⑦…遅く伝え、そのことで、まるで別のもののように見せることのできる機能。ツイッターではRT（リツイート）によって、ことばが拡散してゆきます。時には、変形して、原形をとどめぬほどに。それは、「自分のことば」とか「私有」とは少し違ったことを意味している、ぼくにはそんな気がしたのです。

⑧だから、今日はぼくのことばではなく他人のことばを、ここから目の前の公共性の海へ

放流してみたいと思いました。１４０字以内に切り刻まれることで、そのことばは元の脈絡を失うでしょう。その損失より、どこの誰のかもわからぬ美しいことばの断片となって流れてゆくところを見たいと思ったのです。

⑨今日「放流する」ことばは、ぼくが『「悪」と戦う』を執筆中、何度も読み返した文章です。温かさと深みとユーモアとひらめきが、そして深い哀しみがある。でも何よりぼくが魅かれたのは、それが本質的に「闘争」のことばであるのに、怒りや憎しみから遠ざかることを自らに課していたことでした。

⑩ざっと計算したところ、30ツイート以上はかかりそうです。もしかしたら、途中で勝手に切り刻んだり、ことばを変えてしまうかもしれません。でも、その作者は許してくれると思います。そして、自分のことばが、自由に変形され、流されることを楽しんでくれるはずです。では、24時に。

〈本編〉

①これは『ゲド戦記』の作者、アーシュラ・K・ル＝グィンがある女子大で行った「左ききの卒業式祝辞」というタイトルの祝辞です。ぼくは自分の本（『13日間で「名文」を書けるようになる方法』）で引用しています。「左きき」は少数派である「女性」をまず意味

し、そして潜在的にはあらゆる人々も意味するのです。

②「公の席で堂々と女性の言葉でお話するという類いまれな機会を与えて下さったミルズ・カレッジ、一九八三年御卒業のみなさんに御礼申しあげたいと思います。／男子学生も卒業していくことも存じております。彼らを無視しようなどとは思っておりません。しかし、卒業式というものは、…」

③「…卒業生たちはみな男子であるか、あるいは男子であるべきだという暗黙の了解のうちに執り行なわれるものです。だからこそ私たちはみなこのような十二世紀の衣裳を身につけているのです。おかげで男性は見映えがしますが、女性はきのこか妊娠したコウノトリのように見えるじゃありませんか。…」

④「…知的な伝統とは男性のものなのです。演説は公の言葉、つまり国家あるいは部族の言葉でなされます。そして私たち部族の言葉は男性の言葉です。もちろん女性もその言葉を学びます。私たちは馬鹿じゃありませんからね。その話の内容からマーガレット・サッチャーとロナルド・レーガン、あるいは…」

⑤「…インディラ・ガンジーとソモザ将軍の区別がつく方はどうかその見分け方を教えて下さい。ここは男性の世界です。ですから世界は男性の言葉を話すのです。言葉はすべて権力の言葉です。みなさんもずいぶん頑張りましたね。でも道のりはまだまだ遠いの

です。自分の魂を売ったところでゴールに…」

⑥「…到達することはできません。なぜなら、そこにあるのは彼らの世界であって、みなさんの世界ではないのですから。／もしかしたら私たちは権力の言葉はもう充分に獲得し、人生の戦いについて議論しているのかもしれません。もしかしたら私たちには弱々しさを表す言葉がいくらか必要なのかもしれません。…」

⑦「…今、みなさんが大学というこの象牙の塔から現実の社会へと前進し、出世街道を歩むことを私は希望しますとか、あるいは少なくとも御主人を助け、私たちの国の力を維持し、あらゆる点で成功を収めることを望みますとか言うのではなく——権力を論じるかわりに、もし私がここで、この公の席で…」

⑧「…女性のように話をしたらどうなるでしょう？　それは場違いに響くことでしょう。とんでもないことになるに違いありません。私がまず第一にみなさんに望むことは、もし仮に、もしですよ、子供が欲しいのならお持ちなさいということです、と言ったらどうなるでしょう。なにもたくさんはいりません。…」

⑨「…二、三人で充分です。可愛いお子さんだといいですね。みなさんも子供たちも食べるものがちゃんとあって、友人も、自分のしたい仕事も持てるといいですね。さて、みなさんはこういうことのために大学に来たのでしょうか？　それだけのためですか？

成功のほうはどうなったのでしょう?」
⑩「成功とは他の人の失敗を意味します。成功とは私たちが夢見つづけてきたアメリカン・ドリームです。我が国の三千万人を含む様々な地方の人々の大半は貧困という恐るべき現実をしっかり見据えながら生活しているのですから。そう、私はみなさんに御成功を、とは申しません。成功についてお話する気もありません。…」
⑪「…私は失敗についてお話したいのです。/なぜならみなさんは人間である以上、失敗に直面することになるからです。みなさんは失望、不正、裏切り、そして取り返しのつかない損失を体験することでしょう。自分は強いと思っていたのに実は弱いのだと気づくことがあるでしょう。所有することを…」
⑫「…目指して頑張ったのに、所有されてしまっている自分に気づくことでしょう。もうすでに経験ずみのことと思いますが、みなさんは暗闇にたったひとりで怯えている自分を見出すことでしょう。/私がみなさん、私の姉妹や娘たち、兄弟や息子たちすべての人々に望むことは、…」
⑬「…そこ、暗闇で生きていくことができますように、ということなのです。成功という私たちの合理的な文化が、追放の地、居住不可能な異国の地と呼び否定しているそんな土地で生きていくことを願っています。/どのみち私たちは異国人ですね。女性は女性

であるがゆえ、男性が自ら宣言した…」
⑭「…この社会の規範から除外され、遊離しています。この社会では人間は男《マン》と称し、尊敬すべき唯一の神は男性で、唯一の方向は上昇なのです。そうです。それは彼らの国なのです。私たちは私たち自身の国を探し求めようではありませんか。私はセックスのことを言っているのではありません。」
⑮「私は社会のこと、いわゆる人間の制度化された競争、侵略、暴力、権威、および権力の世界のことをお話しているのです……そして、それに対して、私は、私たち自身のやり方でことを進めたらどうかとお話しているのです……いえ、彼らに『対抗しろ』と言っているのではありません。なぜなら…」
⑯「…それもやはり男性の規則に従ってプレイすることになりますから。そうではなくて、私たちとともにいる男性と手を合わせて進むのです。これは私たちのゲームなのです。大学教育を受け、自立した女性がなぜマッチョの男と戦ったり、あるいは彼に仕えたりしなければならないのでしょうか？　…」
⑰「…なぜ彼女は彼のやり方に従って生きていかなければならないのでしょうか？／マッチョマンは合理的でも明瞭でも競争的でもない何でもない私たちの流儀を恐れています。ですから彼はそういったものを軽蔑し、否定するよう私たちに教え込んできたのです。

私たちの社会の中で女性は人生の…」
⑱「…あらゆる側面を生きてきました。そして、それゆえに軽蔑されてきました。人生のあらゆる側面には無力、弱さ、病気、非合理的で取り返しのつかないもの、曖昧で受動的で、抑えがきかなく、動物的で、不浄なものすべて——影の谷間、深み、人生の深さも含まれています。そして、そうしたもの一切に…」
⑲「…対して責任を取ることも女性の生きてきた人生なのです。武人が否定し、拒否するものすべてが私たちに残され、私たちとともにそうしたものを共有する男性は、それゆえに私たちと同様、医者ではなく看護の役しかできず、武人ではなく民間人の、首長ではなくインディアンの役割しか果たせないのです。…」
⑳「…それが私たちの国なのです。私たちの国の夜の部分です。もし昼間の部分、高い山脈や明るい緑の大草原があるとしたら、私たちは開拓者がそれを語る物語しか知らず、そこにはまだ到着していません。マッチョマンの真似をしたところでそこに行くことはできません。私たちは自らのやり方で…」
㉑「…前進し、そこで生活し、私たち自身の国の闇夜を生き抜くことによってのみ、そこに到達するのです。／そこで私がみなさんに望むのは、女性であることを恥じたり、精神病質の社会機構の囚われの身であることに甘んじる囚人としてではなく、土着の人間

としてそこに生きることです。…」

㉒「…みなさんがそこでくつろぎ、家を持ち、自分自身の部屋を持つ自分自身の主人として生きることです。そこで自分自身の仕事に従事することです。仕事は自分の得意なものであったら何でもよいのです。芸術であれ、科学であれ、科学技術であれ、会社経営であれ、ベッドの下の掃除であってもよいのです。…」

㉓「…それは女のすることだから二流の仕事だ、などという人がいたら、くたばっちまえ！　と言ってやると同時に、男女平等の賃金を支払わせるのです。また、みなさんが誰かを支配したり誰かに支配されたりする必要に迫られることなく生活していくことを私は希望します。私はみなさんが決して…」

㉔「…犠牲者になることなどないよう望みますが、他の人々に対して権力を振るうこともありませんように。そして、みなさんが失敗したり、敗北したり、悲嘆にくれたり、暗がりに包まれたりしたとき、暗闇こそあなたの国、あなたが生活し、攻撃したり勝利を収めるべき戦争のないところ、しかし未来が…」

㉕「…存在するところなのだということを思い出してほしいのです。私たちのルーツは暗闇の中にあります。大地が私たちの国なのです。どうして私たちは祝福を求めて天を仰いだりしたのでしょう——周囲や足下を見るのではなく？　私たちの抱いている希望は

そこに横たわっています。ぐるぐる旋回する…」
㉖「…スパイの目や兵器でいっぱいの空にではなく、私たちが見下ろしてきた地面の中にあるのです。上からではなく下から。目をくらませる明りの中ではなく栄養物を与えてくれる闇の中で、人間は人間の魂を育むのです」……以上です。

第7夜

〈予告編〉
①7夜目が近づいてきました。そろそろ気持ちを切り換える準備をしているところです。「前もって書いておいたりしないのですか?」と訊ねられました。実は、少し書いておこうかと思い、試してみました……がまるでダメでした。ぼくは、下書きとか準備とかメモとかができないのです。
②なので、ほとんど空白でパソコンに向かいます。もちろん、何度か考えたことがあることを扱います。でも、今日は、どこへ転んでゆくかわからない。自分でも面白くなければ、考える意味がない。そう思います。でも、まだ体が慣れなくて、眠くなっちゃうんですよね。頑張ります。

③今日はある素敵な小説の話をする予定です。ぼくの講義では新しい小説を読みます。ここ何年かに出版された若手作家たちの小説はほとんど読んでいるでしょう。ふだん読書をしない学生たちに、いちばん新しい現代文学を読んでもらう。初々しい反応が返ってきます。どっこい、文学はまだ大丈夫。

④でも、この5年間でもっとも強烈な反応が返ってきたのは「若手の現代文学」ではありませんでした。それはなんというか言語に絶する反応だったのです。と同時に、講義があれほど楽しかったことはありません。隣の教室から「先生、いったい何の授業やってんの？」と言われたぐらいでした。

⑤その本は目の前にあります。引用する余裕があるかどうかわかりません。引用せずに説明するなんて不可能なんですけどね。まあいいでしょう。やれることをやるだけです。昨日、当時の生徒のSさんに「あの小説の話をするよ」と言ったら「あの楽しさを説明するのは無理！」と言われました。

⑥そうかも。でも、やってみる価値はあると思います。あと少しです。じゃあ、24時に。

〈本編〉

①その小説を、ぼくは誰にでも勧めようとは思いません。というのも、それを読んだ学生

の3分の2は「勘弁してください」とか「……先生、正気ですか？」とか「これ、小説じゃないですよね」とか、時にはただ無言でにやにや笑うだけ、という反応だったからです。
②逆に、残りの3分の1の学生は、おおいに「感動」したわけなのですが、その「感動」の仕方が変わっていました。授業中だというのに、本を読みながらゲラゲラ笑ったり、体をゆすったり、空中を見つめてニヤついたりという、およそ読書とは関係のなさそうな反応だったのです。
③その小説は4年ほど前に亡くなった小島信夫《こじまのぶお》さんの遺作となった『残光』という作品でした。この小説が発表された時、小島さんは91歳（！）でした。そして、刊行してまもなく、亡くなったのでした。この小説ばかりではなく、小島さんの書いた小説の多くは、大いにイカレています。
④小島さんは、タイトルを決めなかったそうです。「適当につけておいてください」。そんな感じ。そればかりか、いったん書いた原稿は読み返さない。まあ、目が悪かったせいもあるそうですが、ふつう読み直しますよね。でも、書きっぱなし。通常、原稿はゲラというものになります。
⑤そのゲラを校正者が見て間違いをチェックし、それを作者が確認する。だから、みなさ

んが読んでいる本は全部「検閲済《けんえつず》み」です。ところが、小島さんはゲラも見ない。直す気がない。というか、間違いを直すと怒る（?·）。だから、小島さんの小説には信じられない間違いが残っています。
⑥でも驚くのはまだ早い。ほんとうに驚くのは頁《ページ》をめくってからです。一つの文章で、主語が「私」、「ぼく」、「彼」、「小島信夫」、「夫」と変わる。全部同一人物です。めまいがします。ある話をしていて、次の行で何の関係もない別の話になり、また次の行でまったく別の話になる。
⑦きわめつきは会話です。一度、小島さんと奥さんの会話の部分を、どれを誰がしゃべっているか、学生たちに解説させたことがあります。そうしたら、全員、違う意見になったのです！　Aさんは夫・妻・夫・妻・夫・妻、Bさんは夫・妻・夫・夫・妻・夫、Cさんは夫・妻・妻・夫・夫……。
⑧いやいや、それもまた序の口で、そもそも日本語になっていないところ、文法がおかしいところが満載です。小島さんの『残光』に比べたら、『不思議の国のアリス』なんて、生真面目《きまじめ》で正常すぎて、面白くもなんともない……ってなものでした。こんな本を読まされる生徒はたいへんです。
⑨さっき言ったように、生徒の3分の2は中毒症状を起こして入院（?·）、でも残りの3

分の1は、最初のうち、こわごわ読んでいたのに、途中からははっきりいって、変な薬でも飲んだんじゃないかという激烈な反応を引き起こしたのでした。「わけわかんないですよね」「うん、そうだね」

⑩「わけわかんないのに、なんかチョー面白いんですけど、わたし、変なんでしょうか?」「変でいいじゃん」とぼく。というわけで、ぼくの許可が下りたので、思いきり、生徒たちはその変な小説に感染していったのでした。では、そのクレージーな小説はなぜ面白かったのでしょう。

⑪「ぼく」「私」「夫」「小島信夫」といった区別がつかなくなる。それは「ボケ」の症状と同じです。話と話が次々、脈絡なくワープしてゆく。それも「ボケ」の症状と同じ。誰が何をしゃべっているのかわからなくなる。それも「ボケ」の症状。日本語がおかしい。

⑫分析の途中で、生徒がマジメにこう言いました。「先生、小島さんって、ボケ……てるように見えるんですが」「うん、そうかも」。その通り、小島さんは晩年、「ボケ」ているように見えた(小説も)。でも「ボケ」ているように装っていただけかも。というか、両方だったのかも。

⑬さて、ここからは、『残光』を分析した3分の1の学生諸君の考えた結論です(残りの3分の2は気を失ってしまったので意見は聞いていません)。『残光』が楽しく面白いの

は、主人公というか、作者というか、小島さんというか、要するに「私」が、異様な場所にたどり着いたからです。

⑭「私」は「ボケ」る。「ボケ」てどうなるか。社会から教えられた規則を忘れてしまうのです。たとえば、「私」で始めたら「私」で通す。そうしないとわかりにくいから。でも、みなさんも自分のことを「私」と言ったり「ぼく」と言ったり「××ちゃんのママ」と言ったりするでしょう。

⑮前後の脈絡のない話をしたり、文法を間違えまくったり、意味不明のことをしゃべったりするでしょう。でも、それを「社会」が「校正」したり「書き直し」たりして、まともに考えているような気にさせてくれるのです。この「校正」や「書き直し」のことを「教育」と呼ぶのです。

⑯「私」は「ボケ」て規則を忘れる。そして、なにも教わらなかった頃に戻るのです。『残光』の老いて「ボケ」た「私」の行動やことばは奇妙です。けれども、不思議な一貫性がある。ぼくは、ここにもレヴィ＝ストロースの言う「野生の思考」によく似たなにかがあるような気がしました。

⑰ここでも、ぼくたちは、この7夜間、ずっと話してきた同じものに出会うのです。「野生の思考」とは、「国家成立」以前、「等価交換」の論理や「商品経済」以前にあったと

される、思考方法です。それは失われてしまったように見えて、実は、特別な場所に、生き続けています。

⑱それは、夜見る夢です。「夢の論理」は「野生の思考」の子孫なのです。そして、社会から「等価交換の論理」を教え込まれていない「子どもの思考」、それもまた、「野生の思考」の生き残りです。そう、『残光』の主人公は「夢の論理」や「子どもの思考」へ戻る旅路にあるのです。

⑲『残光』に生徒たちが異様な反応を示したのは（くれぐれもいいますが3分の1ですよ）、「老い」がなにかの消耗の結果や絶望ではなく、失われた輝かしい「原初的思考」への回帰であることが断言されていたからでした。ある生徒は言ったのです。「先生、私、はやくボケたーい！」

⑳いやはや。91歳の老人にできて、ぼくたちにできないなんてことがあるでしょうか。この世で「最弱」と思える「ボケ」老人でさえ、あれほどのことができたというのに。小島さんは、自ら望んで、そんな世界にダイヴしたとぼくは思っています。今夜は、ここまで。ご静聴ありがとう。

第8夜

〈予告編〉

①こんばんは。そろそろですね。少しうとうとしていたら、もうこんな時間です。言ったかもしれませんが、もう何年も、この時間には熟睡していたのです。体の方は不思議がっています。慣れるまでには、まだ少々時間がかかるかもしれません。

②今日は……そうですね、なにかを書く、という時、その人にとってよく知っていることより、よく知らないことの方がいい、ということについてしゃべりたいと思っています。というか、どんな痛切な経験の持ち主も、その痛切な経験はうまく書けないし、書くべきではないのではないか、ということについて……。

③それはたぶん、多くの人たちにとって……ぼくにとっても……常識に反するバカバカしい意見なのですが。まあいいでしょう。続きは24時からです。それでは。

〈本編〉

①去年、ある文学賞の選考会の席で、ある作品……いや、具体的に名前を出すことにしましょう。奥泉光《おくいずみひかる》さんの『神器《しんき》』という小説です……その『神器』をめぐって激しい議論

が交わされました。『神器』を強く推すぼくのような若手（ではないのですが）作家に向かって…

②…豊かな経験を持つずっと年上の選考委員がこう言ったのです。「この人は戦争がどういうものなのかよく知らないのだ」と。まことに、実際に戦争を経験した人たちにとって、「戦争を知らない」世代が書く戦争小説には、読むに堪えぬところがあるに違いありません。そして同じ頃、…

③…やはり、時代も内容もまったく異なる作品で、ぼくは同じような風景を目にしたのです。それは、小熊英二さんが書いた『１９６８』という上下で２０００頁以上ある長大なドキュメンタリーで、その本の中で、小熊さんは、１９６８年を中心に起こった「学生叛乱」について書いたのです。

④……しかし、その本に対して、実際に「１９６８年」を経験した当時の若者たちは「そんなことはなかった」とか「ぼくの見たものとは違う」と言って、作者を批判したりしました。けれども「１９６８年」に若者のひとりであり、その本にとりあげられているひとりでもあるぼくは…

⑤…「小熊さんは当時まだ子どもで、なにが起こったのかを自分の体や目で確かめることはできなかったろうが、それでいいのだ。直接には知らない小熊さんの書いたものの方

が、直接そのことを知っている我々が書くものよりずっといい」と言って、同世代の人たちの顰蹙《ひんしゅく》をかったりしたのです。

⑥奥泉さんの『神器』……これは1945年頃ある軍艦の乗組員が現代にタイムスリップするという、真剣な戦争小説を念頭に置いて考えている人たちを逆撫《さかな》でするような作品なのですが……に対しても、ぼくは「まだ生まれていなかった彼こそ戦争を描く資格がある」と言いたかったのです。

⑦ぼくがそのように言うと……戦争を体験した人より、未経験の奥泉さんこそ戦争を書くべきだとか、「1968年」の参加者より、その頃子どもだった小熊さんこそ、あの時代を描くのにふさわしいとか、言うと、「あいつはまた変なことを言っている」と思われてしまうのです。

⑧ぼくは今年で59歳になります。この歳になると、絶対に口外できないこと、墓場まで持ってゆくことになるだろうというようなことだっていくつもあります。そこまで行かなくとも「他人には理解できにくいだろう痛切な経験」だって一つや二つではありません。

そして、いつかは…

⑨…書いてみたいと、他の誰でもなく、ぼくこそが書くべきであると思いこんできたのです。そして、ぼくが書こうとしていることに近いところで書こうとしたり、同じような

内容のことを誰かが書こうとすると、「なにもわかってないくせに！」などと呟いたりしていたのです。だがある日…
⑩…ぼくは愕然としたのです。「いやはや、ぼくは、戦中世代が、ぼくたちに対して、『戦争を知らない連中だ』などと言うのと同じことを言ってるじゃないか！」と。ぼくは、自分の経験、自分の痛切な経験を、自分の「正しさ」を疑っていませんでした。そして、なにか「権利」でもある…
⑪…と思い込んでいたのです。もう少しだけ、具体的に話しましょう。1960年代の末頃、政治闘争がもっとも激しかった頃、ぼくはその熱い場所、その近くにいました。何人かの学生たちが死んだり、殺されたりする現場にいたのです。そして、ぼくは愚かにも「ぼくは知っている」と…
⑫…思ったのです、いや「ぼくは見た」とか「ぼくにはしゃべる権利がある」と思ったのです。そして、何年も「いつかは書かねばならない」と思い、さっきも呟いたように、あの季節や事件について触れるものを目にすると、「あの現場にいなかったくせに」と舌打ちしたのです。
⑬だがある日、ぼくは気づいたのです、ぼくにとっていちばん大切なのは「自分の正しさ」だったのです。あることを、ある歴史を、ある事件を正確に描きたい、のではなく、

「あの現場にいた自分だけが語る資格がある」ことを他人に認めてもらいたかったのです。そして、誰かが…

⑭…その現場に近づくと「しっしっ、あっちへ行け、権利があるのはぼくなんだ」と言うのです。確かに、「現場」にいた人間には「おれは見た」という権利がある。しかし、その権利は、いつか、自分以外に現場に近づく人間を排除するようになるのです。ぼくは、それを「正しさの呪縛」と…

⑮…呼ぶようになったのです。ぼくは結局、ぼくの「痛切な経験」を書かないでしょう。いや、書けないでしょう。ぼくもまた自分の「正しさの呪縛」に陥り、「完全に正確でなければ書く意味がない」と思い込んでいるからです。つまり、ぼくこそが、ぼくの経験の再現の、真の「敵」だったのです。

⑯だから、ぼくは、『1968』が、その経験者たちから「事実と違う」と批判された時「事実と違うからいいのだ。堂々と間違うことができるからこそ価値があるのだ。細部になにがあったのか最終的には再現することが不可能であることを知っているからこそ素晴らしい」と言ったのです。

⑰「現場」にいるのは誰でしょう。ぼくたちひとりひとりにとって。そう、ぼくたちにとって、「私」こそが、最初で唯一の「現場」です。そして、その「現場」のことは、自

分しか知らないのです。だからこそ、我々は、小説の中で、様々な表現で、唯一無二の「私」と書くのです。
⑱だとするなら、「私」こそ唯一の「現場」だとするなら、「私」たちは、誰も、他の「私」、すなわち「彼」や「あなた」のことを書くことはできません。ほんとうに正しく「彼」や「あなた」のことを知っているのは、あるいは書けるのは、当人だけなのですから。
それにもかかわらず…
⑲…ぼくたちは、他の「ぼく」について書こうとします。「正しく」書けるはずもなく、その権利もないのに、なぜ、ぼくたちは、他の「ぼく」について書こうとするのか、そして、そのことを、小説は、その表現の根幹に置くのか。それは、小説が、「正しくあろう」とするのではなく…
⑳…「間違いがあろう」と、いや「必ず間違うであろう」と確信しながら、それよりも「他の『ぼく』と繋がること」を最大の使命としているからです。「ぼく」のことは他人が書けばいいのです。そしてそれは間違うでしょう。いいじゃありませんか。それより大切なことがあるのですから…
㉑…小説は、様々な「ぼく」が、他の様々な「ぼく」を誤解しつづけた歴史のようなものです。ぼくが、そんな小説を、なにより好むのは、「正しさの呪縛」から抜け出すやり

方を教えてくれるからです。いわく「愛せよ」と。今晩はここまで。ご静聴ありがとうございました。

第9夜

〈予告編〉

①今日、子どもたちは、奥さんに連れられて、多摩センターまで、奥さんの友だちのバンドの野外ライヴに行ってきました。ロック+パンク+ジャズなんだけど、しんちゃんはおおいに「ノッテ」、頭をふって楽しんでいたそうです。疲れたんですね、さっき寝かしつけたら5分で爆睡でした。

②今晩は、写真と小説、それから、小説につきまとう「真実でなければならない」という幻想の理由について話すつもりです。まだ一度も書いたり話したりしたことがないことが多いので、うまくいくかどうかわかりません。でも、いいでしょう。ダメだったら、またやってみるだけの話です。

③それから、きわめて個人的なことも一つ話したいと思っています。でも、しないかもしれない。スタートは決めていますが、どういうルートをたどり、どんな結末になるかは

わかりません。おそろしい、でもわくわくするような感じです。確かに小説を書く時と似ているかもしれないな、では24時に。

〈本編〉

①久しぶりにスーザン・ソンタグの『他者の苦痛へのまなざし』を読み返して、以前読んだはずなのにすっかり忘れていたことにぶつかった。それは、ロベール・ドワノーの写真に関するエピソードだ。それはたぶん誰でも一度は見たことのある、ものすごく有名な写真。

②パリの街頭で、若い恋人たちが口づけを交わしている。左側の女の子は軽く半身で上を向き、右側の男は、カメラに正対するように体を向け、女の子に口づけ中。そんなふたりだけの世界に入った恋人たちと無関係に、通行人が歩いている。右端の通行人はカメラがぶれてはっきり写っていない。

③世界中で「パリの恋人」として知られたスナップ写真が「やらせ」だとわかったのは、撮影されてから40年後のことだった。もちろん、その写真を愛した人たち（ぼくもそのひとり）は、ガックリした。「ほんとう」だと思っていたのに「うそ」だったから。写真自体には変わりがないのに。

④キャパのあまりにも有名な「崩れ落ちる兵士」だって、それが演出だとしたら、意味も価値もぜんぜん違ってくるだろう。写真に変わりがなくても。報道写真だから「事実」として受けとるのは当たり前じゃないかって？　でも、ある時期まで、報道写真の多くには「演出」が入っていたのだ。

⑤写真を前にした時ぼくたちは、写真を見ているのではなく、もしかしたら、そこにあるはずの「真実」を見ようとしているのかもしれない。見たいのは、その映像ではなく、それが「真実」であるという確証なのかもしれない。でも、詩を読む時、書かれていることが真実か気にするだろうか。

⑥映画を見て、どこにこの監督の生の真実があるか考えるだろうか。絵や彫刻を見て、その作者の生涯の隠された真実を探そうと試みるだろうか。でも、写真の前で、まず、ぼくたちは、「真実」かどうかを確かめる。そして、小説を読む時にも。もちろん、あらゆる小説を、ではない、…

⑦…あらゆる写真を、ではないようにだ。小説はフィクションだ、ウソだ、作り物だ、そんなことはわかっている、と言いながら、でも、そこになにより「作者の真実」を見たいと思う強い気持ちは残り続ける。なにより、小説家たち自身がそのように実践してきたのだ。『舞姫』は森鷗外《もりおうがい》の…

⑧…苦しい恋愛のドキュメントだし、夏目漱石《なつめそうせき》の作品の大半は彼自身の苦しい三角関係を描いた（と主張する人は多い）。「私小説」などという、ほとんどノンフィクションのような小説のことを考えずとも、そこに「真実」がある、という視線から、小説は逃れることができない。なぜそんなこと…

⑨…が要求されるのだろう。ぼくは思うのだが、それは読者が不信に満ちているからではないだろうか。美しい物語を作る、血湧き肉躍る物語を作る……それだけでは駄目なのだ。読者はもっと多くを作者に要求する。作者が保持している、作者が隠している、彼（彼女）だけの真実を提供せよと。

⑩作者に「犠牲《ぎせい》の子山羊《こやぎ》」を提出せよと迫るのである。それはなぜだろう。「個」という、逃れることができない場所にいる読者は、ただでは、小説という「公共空間」には踏み出さない。そんなものが信用できるか。ぼくに読んでもらいたいなら、おまえのもっとも大切なものを出してみろ、…

⑪…そう読者は作者に迫る……ところで少し話を変えてみたい。この話が繋がるかどうか、ぼくにもわからないけど。少し前、このツイッター上で、小さな、個人的な事件があった。数時間、ぼくのアイコンを、息子のしんちゃんに変えたのだ。すると、娘の（橋本）麻里《まり》ちゃんから厳しい指摘があった。

⑫自分の意思を持てない幼児の写真をいろいろなリスクがあるのに載せるのは反対、と麻里ちゃんは言った。まったくその通りだとぼくは思った。120%、それは正しい。だから、ぼくはアイコンを戻した。だが、120%間違っていると思いながら、どうしても言いたいことがあったのだ。

⑬アイコンに自分の子ども（娘）を使っている人がいる。東浩紀さんや宮台真司《みやだいしんじ》さんがそうだ。ぼくはそのアイコンを見る度、不思議な感覚に襲われる。あれは、もしかしたら、追悼の写真ではあるまいか。なぜなら、追悼の写真に使われるのは、その対象のもっとも美しい写真だからだし…

⑭…もっとも美しく、過ぎ去ってしまえば戻らぬ瞬間を惜しむ気持ちとは、その季節への追悼だ。そして、その写真の真っ直ぐな視線には、撮る側の愛情も写し出されている。その時、ぼくたちは、また、写真の向こうに「真実」を求めようとしているのだが、それはその写真が「真実」を…

⑮…匂わせているからに他ならない。だから、あの、子ども（娘）のアイコンは、「愛」に関する「私小説」と同じ構造を持っている。そして、ぼくたちがそのように受けとることができるのは、「作者」が、あえて危険を顧《かえり》みず、娘（家族）を差し出している（ように見える）からなのだ。

⑯それがどのようなものであっても、そこに「真実」を見つけ出そうとするほどに、ぼくたちは病《や》んでいる。しかも、それは逃れることができない病であるように思われる。だから、ぼくは、間違っているとはっきり知りながら、なんの権利もないのに、一枚の写真を使いたいと思ったのだ。

⑰そのようにして、多くの「私小説」が書かれて、「私」はもちろん、「私」の近くにいる人々が、小説の中に投入された。そのやり方でしか「真実」が担保されないとはぼくは思わない。その多くが無残に終わったことも、中途半端な気持ちで、事実が消費されたことも知っている。だが……

⑱……それが、小説という世界を成り立たせる必須の貨幣《かへい》である場合もあるのだ。そのことによって、ぼくは、子ども（家族）を、戦場に連れ出してしまうかもしれない。そうしない、と断言することはぼくにはできない。小説家の多くは、みなそういうだろう。だが、と思う。それが……

⑲……勘違いでないなら、連れ出された子どもが、どんな表情であるかを見てほしいと思う。いや、あのアイコンの写真を見てほしい。あれは「愛されている子ども」の写真ではないかと思う。だから作者は、渾身の力をこめて、その子を守るだろう。守りつつ、その戦場で、読者という孤独な……

⑳…存在への関与も止《や》めないだろう。両立させることは不可能なのかもしれない。それは周りに迷惑をかけるだけなのかもしれない。それにもかかわらず、作者は、止めないだろう。一枚の写真を高く掲げ、前に進むのである。バカだな……今日はここまでにします。聴いてくれてありがとう。

第10夜

〈予告編〉

①今日は子どもたちはふたりとも秒殺で寝てしまいました。忙しかったのでしょう。明後日に迫った遠足で持っていくのは「ウルトラマン弁当」か「ゴセイジャー弁当」かでおおいに悩んでいるようです。でも、いまはもう夢の世界に入ってしまいました。そろそろ、パパは「路上演奏」の時間。

②今日は、読者の話をしたいと思っています。作者がいて、小説を書き、それを何百とか何千とかあるいはそれ以上の数の読者が読む。それがふつうです。というか、ぼくたちはそれをふつうだと思っています。しかし、中には、読者がひとりしかいない作家、読者がひとりもいない作家もいます。

③では、そういう作家はつまらない、とるに足らない存在なのでしょうか。なぜ、読者がひとりもいなくても書くことができるのでしょうか。もしかしたら、それこそが理想の関係なのかもしれないと思うことがあります。そのことをうまくしゃべれたらいいなと思っています。では、24時に路上で。

〈本編〉

①伊《い》藤整《とうせい》文学賞を受賞した宮沢章夫《みやざわあきお》さんの『時間のかかる読書』はたいへん奇妙な本です。というのも、横光《よこみつ》利《り》一《いち》の『機械』という、原稿用紙で50枚ほど、1時間もかからずに読める短篇を、実に11年もかけて読んだ記録だからです。なんという愚行でしょう！

②ぼくだって「全文引用」なんて馬鹿なことをしますが、さすがに宮沢さんにはかなわないと思ったのでした。そして、同時にこの宮沢さんの「愚行」にはきわめて正しいなにかがあるとも思ったのです。ぼくたちは通常、作家が何年もかけて書いた小説を半日で読んで、当然だと考えます。

③しかし作家が3年かけて書いた、ということは、彼はその作品を3年「読んだ」のです。3年かけて読まれた作品と、半日で読まれた作品は、たとえ同じことばが書いてあったとしても別物ではないかとぼくは思うのです。そして、時には、3年かかった作品は3

年かけて読むべきだとも。

④いや、ぼくだってそんなことはしません。そんな時間はないのですから。なのに、宮沢さんは、25頁ほどしかない短篇を（作家によっては一日で書いてしまう量です）11年もかけて読んだ。おそらく、宮沢さんは、作者の横光利一が見たのよりもさらに豊かな風景を見たはずです。

⑤ぼくが言いたいのは、もし横光利一が生きていたら「ぼくには、少なくともひとりは読者がいた！」と言ったのではないかということです。ただ「読む」のではなく、その先にまで進んでくれる読者が、と。それは、なんというか恐ろしく孤独な読者ではあるのですが。そして、ぼくは別の、…

⑥…ある、極めて孤独な小説の書き手を思い出したのです。それは、数年前にドキュメンタリー映画が公開されたヘンリー・ダーガーという老人です。ダーガーは１８９２年にシカゴに生まれ１９７３年に81歳で亡くなりました。17歳から71歳まで彼は病院の掃除夫でした。

⑦晩年の40年間、彼は6畳ほどしかないアパートの一室で誰にも知られず創作活動を行っていました。無口で独身で友だちもいない、病院とアパートを往復するだけで過ごした彼が亡くなった後、ゴミで埋まった部屋から膨大な数の絵と途方もない長さの小説が見

つかったのです。

⑧彼の凄まじい絵はやがて「アウトサイダーアートの傑作」として知られるようになります。しかし、ぼくが魅かれたのは『非現実の王国』と題された、計算すると、長篇小説75冊から150冊分ほどもある、天国的な長さの小説の方でした。どんな人間ならそんな無謀なことができるのか。

⑨もちろんそんな長さのものは出版されてはいません。一部が彼の作品集の中で読めるだけです。それを読むと、読者は不思議な感覚に襲われます。いったい、発表のあてもつもりもなく、このような異様な（戦争）小説を書けるのだろうか、と。ダーガーは狂っていたのでしょうか。

⑩ある意味で彼は狂っていたのです。しかし、ある意味で、彼は、その過酷な生涯の中で、狂わずにいるためには、小説を書き続けるしかなかったのです。彼が生きたのはインターネットもなかった時代でした。というか、彼には、犬を飼うために必要な月に2$の金もなかったのです。

⑪彼は完全に孤独でした。彼が創作をしていることを知っている人間さえ生前には皆無だったのです。しかしそれにもかかわらず、彼は狂わずに小説を書き続けた。自分という読者に向かって？　そうともいえます。いや、そうやって、わかったつもりになるべき

ではないのかもしれません。

⑫フランツ・カフカは亡くなる前、友人のマックス・ブロートに彼の作品を燃やすよう遺言したとされています。しかし、ブロートは、カフカの言いつけを守らず、その結果、ぼくたちはカフカの作品を読めることになったのです。実際、カフカは本気でそんなことを言ったのでしょうか。

⑬カフカは「本気」だった、とぼくは考えています。彼は「書く」だけで十分だと考えていた。それが結果として、この世界に残り、読者に読まれる必要さえ彼は感じなかった。なぜなら、彼は、彼の作品を書いているその瞬間、瞬間に、「読者」の存在を感じていただろうから、です。

⑭たとえば『変身』を読んでください。主人公のグレーゴルはある日突然「虫」になる。おそらく、「虫」になった人間はグレーゴルだけです。『変身』は、世界でただひとり「虫」になった人間がそれを受け入れる物語です。人間たちは、「虫」の内面に人間がいることに気づきません。

⑮しかし、人間もまたその表面とは異なった「内面」をもっていて、それが伝えられないことに悩んでいるのではないでしょうか。だから、ほんとうは人間も「虫」なのです。グレーゴルは、「虫」になり、すべての人間から「おまえが理解できない」と宣言され

て初めてそのことに気づく。

⑯部屋に閉じこもり、妹からの差し入れをドアから受けとりながら書き続けるカフカこそ「虫」なのです。「書く」ことを通じて、「虫」の孤独を知ること、それが「書く」ことがカフカに送り届けた最大の贈り物でした。だとするなら、それ以上のものを、他人に読まれることを…

⑰…求める必要などあったでしょうか。「虫」たらざるをえない、にもかかわらずそれを知ることのない人間たちの、すべての運命を見つめることができたと確信した時、「虫」たることの宿命に従うことが、カフカにとって自然であったようにぼくには思えるのです。

⑱最後にもう一つ話をさせてください。とても個人的なことです。およそ30年前、ぼくはデビュー作の『さようなら、ギャングたち』という小説を書き始めようとしていました。準備はできていました。なにを書くかも決まっていました。でも、一つだけわからないことがあったのです。

⑲それは、「誰に向かって書くか」ということでした。それがぼくにはわからなかった。思えば、その頃のぼくは頭がイカレていました。その10年前にみんなの前から姿を消し、連絡をとっている友人はひとりきり。小説を書かなければ死ぬしかないと思い詰めて書

き始めたのです。
⑳ぼくのことなど誰も興味がない。ぼくがなにかを書いたって読みたいやつなんかいるはずがない。そんなことばかりが頭に浮かび、部屋を歩き回り、犬みたいに吠え、また原稿用紙に向かう。しかし、何行か書くと、不安のあまり歯ぎしりする。もうダメかもしれないと思った時のことです。
㉑深く影響を受けていた詩人の吉本隆明《よしもとたかあき》さんのことが思いうかびました。「あの人ならきっと理解してくれるに違いない」。なんとなく、いや確信に近い気持ちで、突然、思ったのです。そしたら、書けた。そして、ぼくは「この世にたったひとりの読者」に向かって書き始めたのでした。
㉒書き上げられた『さようなら、ギャングたち』は佳作入選で、ほとんど話題を呼びませんでした。どうしよう、とぼくは思った。これ以上なにをすればいいのだろう。数カ月後、突然、吉本隆明さんが連載を始めた文化評論の一回目で、『さようなら、ギャングたち』をとりあげてくださったのです。
㉓出版社が「吉本さんがとりあげてくれたから売れるんじゃないか」といって単行本化が決まったのは、その後でした。たったひとりで、たったひとりの読者に書いた小説は、そのたったひとりの読者にだけ届いていたのです。読者は、ひとりでいいのです。それ

がどんなひとりであろうと。

㉔今晩は、ここまで。いいたいことはいくらでもあります。でも、またにします。『「悪」と戦う』の発売まで、あと三日ほどになりました。明日からは、この小説について、話していくつもりです。ありがとう、聴いていただいて。感謝してます。

第11夜

〈予告編〉

①子どもたちはもう寝ました。明日の遠足が楽しみでずっと興奮していたようでしたが。運動会・誕生会といった行事の前日になると必ず発熱するしんちゃんも、とりあえず元気なようです。雨があがるといいのだけれど。

②ずっと続けてきた「メイキング」も今夜で11夜目です。日付が変わり12日になると本の「搬入」、13日には、大きな書店の店頭に『「悪」と戦う』が並ぶはずです。そして、14日が正式な発売日。みなさんに読んでもらえる日が近づいてきました。とてもとても楽しみです。

③今日から3夜は、『「悪」と戦う』という小説について直接話すことにします。もちろん、

ひとりの読者としていうなら、小説を読む時には余計な情報はなにも聞きたくない。それが作者のものであっても！　でも、大丈夫。ここでなにを聞いても、この小説を読む楽しみが減ることはないはずです。

④小説であればどんなタイプのものでも、単純な恋愛小説でも、古典的な名作でも、ファンタジーでも、読者を厳しく選別する芸術小説でも、「私」小説でも、なんでもぼくは好みます。ぼくには、それらの外見上の違いより、「小説」としての共通性の方が興味深いのです。もちろん、書く場合でも。

⑤『「悪」と戦う』は、ぼくにとっても初めてのタイプの小説でした。ある意味で、まったく偶然に、この小説はできたのです。一つの、どうしても忘れられない事件と共に。では、24時に。

〈本編〉

①『「悪」と戦う』には、ふたりの少年、いや幼児が登場します。そして、彼らはある避けられない理由で、正体不明の「悪」と戦わざるをえなくなる。この「ランちゃん」と「キイちゃん」という兄弟は、子どもたちを、れんちゃんとしんちゃんをモデルにしています。

②わたしは、自分の子どもたちをモデルにした小説を書くつもりなどありませんでした。わたしは、毎日、子どもの世話をしたり、相手をしたり、彼らを眺めたりして、それだけで十分だったのです。およそ、子どもというものは一瞬も休まず、日々、変化してやまない。それを追いかける、…

③…彼らを追いかけるだけで十分だったのです。彼らが、目の前で、ことばというものを覚えてゆく様《さま》、人間以前の存在が、徐々に人間らしくなってゆく様を眺めているだけで、飽きることはありませんでした。書くことは他にも、いくらでもあったのです。だが、ある日、わたしは不意に…

④…気づいたのです。それは、おそらく、およそあらゆる親が自分の子どもたちを眺めていて気づくこと。つまり、自分の「死」についてです。不思議なことに、父が亡くなった時にも、母の心臓が鼓動《こどう》を止めた時にも、悲しくはあっても、それは自分の「死」とは関係のない出来事でした。

⑤けれど、まさに「生」のさなか、生命力そのものである、子どもたちを見ていると、彼らが自分の年齢に達した時、わたしはもうこの世に存在しないのだという思いに呑み込まれそうになっている自分に気づくのです。風呂上がりに鏡を見て、ギョッとします。わたしの父親が映っている。

⑥10年以上前に亡くなったはずの父親は疲れ果てた顔をして、幼い頃のわたしを抱いているのです……もちろん、それは勘違いです。わたしが、しんちゃんを抱いて立っているのです。わたしは、その「父とわたし」が「わたしと息子」にあまりに似ていることに驚きます。時間はそうやって…

⑦…折り返されるのかもしれませんね。とりわけ、60近いわたしにとっては、子どもたちは、生命と死の両方を持って近づいてくる天使のようなものだったのです。わたしが、彼らをモデルにした短篇を書いたのも、その頃でした。それが何なのかわからないまま、大きな手応えがあったのです。

⑧もしかしたら、大切ななにかが書けるかもしれない。そんな予感がしました。焦ってはならない。それがどうしても必要なものなら、必ずそれは生まれるのです。わたしは、なかなかことばを話すようにならないしんちゃんをダッコしながら、用心深く、耳を澄ましていたのです。そして…

⑨…わたしは、「ランちゃん」と「キイちゃん」以外の、もうひとりの登場人物に出会うことになったのです。そのことをうまく説明することはできません。説明できないから、小説を書くことになったのですから。わたしは、いつも買い物に行っているスーパーで「彼女」に出会ったのです。

⑩れんちゃんと同じか一つ年上の女の子だ、とわたしは思いました。とても可愛い格好をした女の子はわたしに背中を向けていて顔は見えませんでした。その時、わたしは異様なことに気づきました。店内に、溢れるほど買い物客がいるのに、なぜか彼女の周りだけが空っぽなのです。

⑪彼女が進むと、その「真空」も前進します。まるで、特別な空間が彼女の周りをおおっているようです。彼女は不規則に、まるで酔っぱらっているように店内を進んでゆきます。なのに、不思議なことに、誰も彼女の方を見ようとしないのです。まるで、そこには誰もいないかのようです。

⑫わたしの背後で、誰かが女の子の名前を呼びました。彼女はゆっくり振り返り、わたしの後ろにいる、おそらく母親の方を見ようとしました。彼女の顔が見えました。もしかしたら、彼女の視線とわたしの視線は交わったかもしれません。わたしは突っ立ったままでした。どのくらいの…

⑬…時間がたったのでしょう。わたしが彼女の顔を見ていた時間は3秒か5秒ぐらいの間だったかもしれません。母親は彼女に近寄り、すぐに店から出ていきました。全部を合わせても1分もなかったかもしれない。母子が出ていった途端、店内に漲《みなぎ》っていた緊張が緩んだのがわかったのです。

⑭わたしは頼まれていた買い物を終えると家に戻りました。玄関を開けると、出迎えに出てきたしんちゃんが「だっだっ」と言いながらわたしに抱きつきました。その時、わたしは、この『「悪」と戦う』という小説が、もう、最初から最後まで出来上がっていることに気づいたのです。

⑮やはりうまく説明することはできないのかもしれませんね。わたしは、ある特殊な顔をした女の子に出会ったのです。その顔は、わたしの中に落ちて、一瞬で小説になりました。小説を書くことは、それほど難しくはありませんでした。なぜなら、中から掘り出すだけでよかったからです。

⑯……いや、ほんとうは難しかったのです。わたしはずっと、自分に、そのことを書く「権利」があるのだろうかと思っていました。わたしは、ほんの数秒、彼女を見ただけなのに、どんな人間なのか、どんな苦しみを感じているかも知らないのに、わたしの小説の主人公にしてしまったのです。

⑰彼女はモデルですらありません。わたしは、なに一つ彼女について知らないのですから。けれども、彼女がいなかったら、わたしの小説が存在しなかったことも事実なのです。小説の中では、完璧な事実の再現も、完璧なフィクションも、難しい。小説は、必ず現実に尻尾を摑まれる。

⑱わたしたちは現実の誰かのことを書きます。たいていの場合、彼らの承認を得ずに。彼らには、「なぜ我々のことを書くのか。なにも知らないくせに」という権利があります。そして、彼らは常に正しいのです。彼らのその言明に対して、作者は反論することができません。

⑲だが、それでも、わたしたちは書くのです。もっとも遠く離れたものを、繋げることができるかもしれないという、唯一の希望を頼りにして。

⑳やっぱり、説明は難しいですね。いつもうまくいくわけじゃないんです。みなさん、最後まで聴いてくれてありがとう。

第12夜

〈予告編〉

①日付が変わり13日になると、大きな書店の店頭に『「悪」と戦う』が並んでいるはずです。メイキングもあと2夜です。なんだか速いですね。昨日、何人かの人から感想もいただきました。こういう時は書き手はどきどきします。もう本は書かれ、判断されるのを待っているだけなんですから。

②もっとも信頼している読み手の感想を読み、いままでいちばん遠くまで小説を届けることができたと確信しました。もう大丈夫。作品はすべて自分が産んだ子どもたちです。『「悪」と戦う』なら、ずっと遠くまでひとりで歩いていけるはずです。メイキングは彼らへ贈るはなむけでもあるのです。

③今夜は、『「悪」と戦う』という小説の世界の成り立ちについて、それから、小説を終わらせることについて、話せたらいいなと思います。もっと個人的なことも話したくなるかもしれません。みなさんに話せるこの時間は、ぼくにとっても大切な時間でした。それでは、24時に。

〈本編〉

①スーザン・ソンタグは「二度読む価値のない本は、読む価値がない」と書いています。そうです。一度しか読まない本はたいてい、読む価値がなかったのです。でも、逆に、何度も繰り返し読む本があります。もちろん、ぼくにも、そんな本が何冊もあります。

②何十回も、いや何百回と読み返す本、ぼくはずっとそんな本が書きたかったのでした。でも、どうしてそんなことが起こるんでしょう。何度か読めば、物語も登場人物のセリフも、ことばの一つひとつまで覚えているはずなのに。どうして、それでもまた、読み

返したくなるのでしょう。

③それは、おそらく、その本が、ぼくたちの心を「チューニング」してくれるからではないかと思うのです。コンサートの前に、オーケストラが、オーボエのAの音に合わせて、楽器のピッチを合わせる、あの光景のように、日々の暮らしの中で、心のピッチが狂っているなと思える時、……

④…そんな時、目を閉じ、その本が発する静かなAの音に耳をかたむけていると、狂ったピッチが元に戻ってゆく……そういう本をぼくは大切にしています。物語や華麗なことばづかいではなく、そこに漂っている、背筋をぴんとさせるなにかを読むために、繰り返し、その本の頁を開くのです。

⑤たとえば、ぼくにとって、カルヴィーノの『まっぷたつの子爵』という本がその一つでした。18世紀のイタリア、血なまぐさい時代に放り込まれた貧しい少年と、砲弾によって「善」と「悪」のふたりに引き裂かれた子爵をめぐる、この少年文学の傑作を、いったい何度読んだかわかりません。

⑥ぼくはずっと、『まっぷたつの子爵』のような本を書きたいと思っていました。そんな小説が書けるようになるまで30年近くかかったのです。そう、だから、『「悪」と戦う』は、少年文学といってもかまいません。誰よりも子どもたちに、ぼくは読んでもらいた

いと思っています。

⑦『「悪」と戦う』はこんなお話です……登場するのは子どもだけ。ランちゃんという3歳の少年、ランちゃんの弟でことばをしゃべれない1歳半のキイちゃん、それから、おそらくランちゃんより一つか二つ年上で顔に大きな障害を持つ女の子ミアちゃん、そして空を飛べるもうひとりの女の子。

⑧気がついた時、世界からすべての人影が消えています。なぜなら、「悪」がやって来て、世界を空っぽにしてしまったから。「世界」を取り戻すために、子どもたちは出発します。しかし、彼らは、どうやって「悪」と戦えば、「世界」を取り戻すことができるのか知らないのです。

⑨実は、書き始めた時、ぼくも、どうすれば、「悪」から「世界」を取り戻せるのか知らなかったのです。そんな馬鹿なと思われるかもしれませんね。でも、小説では、そういうことがよく起こるのです。作者はなにもかも知っているわけじゃありません。いや、知らない方がいいのです。

⑩なにが起こっているのかわからないからこそ、作者もまた登場人物たちと同じように、生き残るために、その「世界」がどんな法則で動いているのか真剣に探ろうとする。耳をすまし、五感をとぎすませて、そこがどんな「世界」なのか知ろうとする。そこでは

作者もまた読者にすぎません。

⑪ランちゃんたちは、「悪」と戦い続ける。それがどんな戦いなのか、当人たちにも理解できない戦いが続くのです。もしかしたら、彼らは負けて、ついに、「世界」は取り戻せないのかもしれない。書き手であるにもかかわらず、ぼくは、時に不安になったりもしたのでした。

⑫いいえ、不安はありませんでした。ぼくはずっと作品の中で鳴り響いている「Aの音」に耳をすませていたのです。パソコンに向かい昨日まで書いた箇所を開き、最初から読み直してゆく。「現実」の世界にチューニングされていた心が、『「悪」と戦う』の「Aの音」に合わされてゆく。

⑬そうです。ぼくが大好きだった本を読む時のように、自分が作り上げた世界であるのに、ぼくはその世界の「Aの音」にチューニングすることに、深い喜びを感じていたのでした。ぼくは、ランちゃんやキイちゃんたちに「世界」を取り戻させてあげたかった。「八百長《やおちょう》」なしにです。

⑭「八百長」とは、作者が自分の世界の王として振る舞うことです。自分の作った物語だからといって、恣意的に介入する。それは、その作品を壊してしまうことになる。ぼくにできることは、登場人物たちの戦いを応援することだけでした。ぼくも、彼らの戦い

に参加していたのです。

⑮最後に、彼らはあるものと出会います。それから、大きな結末がやってくる。そこでなにが起こるのかいちばん楽しみにしていたのは、そして不安に思っていたのも、書いている当人だったかもしれません。物語の最後のパートを書きながら、ぼくは30年前のことを思い出していました。

⑯その頃、デビュー作となる『さようなら、ギャングたち』という小説を書いていたぼくは、結末の部分にさしかかっていました。ぼくは、その物語がハッピーエンドで終わるべきだと考えていました。そしてその方向へ作品は進んでいるはずでした。しかし、ぼくは突然気づいたのです。

⑰ずっと『ギャングたち』から聞こえていた「Aの音」が聞こえなくなったのです。呆然として、けれども、書き進むしかありませんでした。ぼくは死に物狂いで「論理的にはこうなるはずだ」と考えて書くしかなかったのです。なにも聞こえなくなったベートーヴェンのように。

⑱(『「悪」と戦う』では)最後まで「Aの音」が聞こえていました。登場人物たちを、彼らがたどり着くべき場所に送り届けることができました。ぼくは、彼らを誇りに思っています。『「悪」と戦う』が、みなさんにとって何十度となく読み返すことのできる本であ

りますように。聴いてくださってありがとう。

第13夜

〈予告編〉

①こんばんは。メイキングオブ『「悪」と戦う』も、今夜でお終《しま》いです。今日、本が店頭に並び始めたばかりなのに、ずいぶんたくさんの方《かた》から「読んだ」というお返事がありました。速いなあ。ほんとうは、静かにして、みなさんの読書の邪魔にならない方がいいのかもしれませんね。

②こうやって出版の日に向かって一日一日期待を高めてゆくのは（いちばん楽しみにしているのは作者のぼくなんですから）、もしかしたら、昔を思い出しているからかもしれません。本を読み始めた頃、みんな「ああ、『洪水はわが魂に及び』の発売まであと何日だろう」なんて思っていたものでした。

③『「悪」と戦う』について必要なことはもう書いてしまいました。だから、今晩は、小説家はなぜ小説を書こうとするのか、をお話しするつもりです。たぶん、長くはならないでしょう。とてもシンプルなことだから。そして、最後は、ぼくの好きな詩人のことば

を「全文引用」したいと思っています。

④いままでも一度、ル＝グィンを「全文引用」しましたね。ここで話されるのはぼくのことばじゃなくたってかまわない。もう言いましたよね。ぼくは、ことばが、この公共空間の海に贅沢に放流されるのを眺めるのが好きなのです。ある意味で、それは小説という形でしていることでもあるのですが。

⑤では、あと数分ですね。24時に、お会いしましょう。

〈本編〉

①小説家は、ただ小説を書きたいから書くのです。ほとんどの小説家がそうであるように、ぼくもそうに違いありません。けれど、少しだけ異なった言い方をできるような気がする時もあります。それは要するに、過去に贈られたものを未来へ贈りたいということです。

②それは別に「ぼく」である必要もないのです。一つの暗い部屋で、ひとりの人間が死の恐怖に怯えている。誰も彼を慰めることはできず、彼は、自分はこのまま狂って死ぬのではないかとおののく。けれど、それはすべて彼の内側で起こっていることで、誰もそれを理解できないのです。

③けれど、ある時、その彼の「内側」にことばが贈り届けられる。誰も知らないはずの、「内側」の扉を、外からなにかが押しあけて。そして、初めて、彼に安堵の夜が訪れるのです。およそ、小説のことば、文学のことばは、そのようなものであるべきだ、とぼくは考えているのです。

④死の恐怖に囚われた少年の、内側の堅い壁をこじあける、強い力。壁を壊し、震える少年を抱きとめることのできることば。ぼくもまた、そんなことばによって、救出されたひとりでした。だから、願わくば、ぼくのか細いことばが、ばらばらに飛び散り、遥《はる》か未来のどこかにいるはずの……

⑤……少年の助けになることができますように……誰かに贈られたものによってぼくは生きた、だからぼくも、そのようなものを贈ることができるようになりたい、ぼくが小説を書きたいと思いつづけてきた最大の理由は、それなのかもしれません。『「悪」と戦う』がそんな小説でありますように。

⑥これから先は「全文引用」です。でも、とても有名なことばでもありますね。リルケの「若き詩人への手紙」です。本屋に行けば文庫もある。でも、いいでしょう。路上演奏では他人の曲だって歌うのです。それに、いまや、誰でも知っているようなものではないのかもしれませんしね。

⑦「あなたは、自分の詩がいいものなのかとわたしに尋ねます。わたしに尋ねる前は他の人たちに尋ねました。あなたは詩を雑誌に送り、他人の詩と比較なさった。そして、あなたの試作が編集者に拒まれると、不安を感じるのです。だから、わたしはそういうことを一切を止めるよう言おうと思います。…」

⑧「…あなたは外部を見ているのです。それは何よりもまず、いましてはならないことなのです。誰も、あなたを助けることはできません。誰も、決して。ただ一つ、方法があるだけです。深く考えなさい。あなたのもっとも深い場所で。あなたに書けと命ずる根拠があるかを。それがあなたの心の最も…」

⑨「…深いところで根を張り伸ばしているかどうかを調べなさい。書くことを拒まれたら、死ぬしかないと言えるかどうか、白状してごらんなさい。なによりもまず、夜の最も静かな時間に、ほんとうに書かずにはいられないのか、と自分に尋ねなさい。心のなかを掘って深い返事を探しなさい。…」

⑩「…そして、もしその返事が『イエス』なら、もしあなたがこの真剣な問いに、『ぼくは書かずにはいられない』と力強く返事をすることができるなら、あなたの生活をその必然性に従い建てなさい。あなたの生活は、その最もつまらない、最も取るに足りない瞬間にいたるまで、そのやみがたい心の…」

⑪「…動きのしるしになり、証言にならなければなりません。自然に近づきなさい。あなたが見、体験し、愛し、失うものを、最初の人間のようになって言いあらわす努力をなさい。恋愛詩を書いてはなりません。最初は、よく知れわたった月並みな形式はお避けなさい、そういうものこそ…」

⑫「…むずかしいものなのです。たくさんの輝かしい作品がある場所で独自なものを産み出すには、大きな成熟した力が必要です。だから、一般的な主題を避けて、あなた自身の日常生活が提供する主題を選びなさい。自分の悲しみや望み、あぶくのような思い、そして見知らぬものへの信仰を描きなさい。…」

⑬「…これらすべてのことを、心からの静かな謙遜と誠実をこめて、描きなさい。そして、自分の心を言いあらわすためには、あなたの周囲の事物、あなたの夢の形、あなた自身の思い出を使いなさい。もし自分の日常が貧しく見えるなら、日常を非難しないで、自分を非難なさい。自分は優れた詩人…」

⑭「…ではないから、日常の豊かさを呼び出すことができないのだ、と白状しなさい。創造する人には、貧しさというものも、貧しくてどうでもよいというような場所もないのです。もしあなたが牢獄につながれて、牢獄の壁が世の中のざわめきをすこしもあなたの五感に伝えることができなくとも…」

⑮「…あなたには、あなたの幼年時代という、貴重な、王者のような富、この思い出の宝庫があるではありませんか。そこへあなたの注意をお向けなさい。このはるかな過去の沈んだ感動を浮きあがらせるようにお努めなさい。そうすれば、あなたの個性は強くなるでしょう。あなたの孤独は広くなり…」

⑯「…それはまるで、明るい住まいのようで、他の人々が起こす騒音はその住まいの遠くを通りすぎるだけでしょう――そして、この内部への転向から、自分の世界への沈潜から、詩が生まれ出るとするならば、あなたは、それがよい詩かどうか、と誰かに尋ねてみようとは考えないでしょう。…」

⑰「…あなたはまた、雑誌に、こうしたあなたの作品に興味を持たせようと試みたりもしないでしょう。なぜなら、あなたはこれらの作品を、あなたが生まれながらに持っているもの、あなたの生命の一片であり声であると考えるようになるはずだからです。」

⑱「…芸術作品は、必然の結果になるものならば、よいものです。芸術作品が、いまわたしが述べたような場所からやって来たものであるかどうか、それを見るのが、芸術作品の判断で、それ以外に判断する基準はないのです。それゆえわたしはあなたにこう忠告するほかなかったのです、つまり…」

⑲「…深く考えなさい、あなたの生活が生まれてくる深みを吟味なさい。その時、あなた

は、あなたの生活のみなもとで、創造しないではいられないかどうかという問いへの返事を見いだすでしょう。その返事を、聞こえるがままに、解釈をしないで、受け取りなさい。もしかしたら、その時、あなたは…」

⑳「…芸術家という天職を授かっていたことに気づくかもしれません。そのときは、その運命を引受けなさい、そして外部から来るかもしれない報酬のことは、けっして問題にしないで、その運命を、運命の重さと大きさとを、耐え忍びなさい。…」

㉑「…創造する人間はそれ自身独自の世界でなければなりません。そして、あらゆるものを、自分の中からと、自分がつき従っている自然のなかとに見いださなければならないのです」。以上、リルケが、ひとりの無名の若い詩人へ贈ったことばです。

㉒リルケは「書く」というおこないについて、こんな風に述べました。しかし、ぼくは、この「書く」は「生きる」と言い換えても同じではないかと思います。だとするなら、このことばは、「生きる」ことに呻吟《しんぎん》するすべての人への贈り物ではないかと思うのです。外ではない、すべては内側に……。

㉓だから、「書く」ことも「読む」ことも、「生きる」ことと無縁ではない、無縁ではないどころか、「生きる」ことそのものだ……そのことを、あらゆる言語芸術は主張しているとぼくは思っています。なにより、小説こそは。これで、「メイキングオブ『「悪」と

戦う』」は終わります。ありがとう。

（2010年5月1日－14日）

わからなくっても大丈夫

〈予告編〉

①「午前0時の小説ラジオ」の中身は、小説に関するあれこれすべて。小説という表現にとって、およそこの世界に存在するもので興味のないものはありません。だから、話の中身に困ることはないでしょう。今日は、たぶん、『「悪」と戦う』のみなさんの感想から、お話をすることになるでしょう。ではまた。

〈本編〉

①最初に、『「悪」と戦う』を読まれた方の感想を、いくつかRTします。「読んで号泣しました」というようなやつではないので安心してください。作者だって、そういう感想をRTするのは恥ずかしいです。じゃあ、始めます。

②こういう感想をいただきました。〈『「悪」と戦う』読了しましたが、多くの問を残したまま、僕の中では未だ未消化です。今、考えなければならない正義とは、未来とは。サ

ンデル教授の問う「正義」と絡めながら、再読しています。〉
③それから〈『「悪」と戦う』読了しました。初高橋源一郎本でした。午前中届いて、一気に読みました。わからないことがいっぱいで、とてもよい本に出会えました。うまく言えませんが、不思議な気持ちです。また読み返します。ありがとうございます。〉
④さらに、〈『「悪」と戦う』を読了。僕にはわかりませんでした。でも、家庭を持ち、子供を持ったら、また読んでみたいです。5年後？　10年後？〉
⑤他にもたくさん。いろんな形で「わからない」という感想がありました。でも「もう一回読みます」とか「わからないけど、なんかすごく感じました」とか。ぼくは、それを読んでとてもうれしかったです。小説の最高のほめことばは「わからないけど面白かった」だと思うからです。
⑥ぼくは昔から「わからない」に興味をもってきました。いろんなものが「わからない」。でも「わからない」ものにもいろいろある。そもそも、それを作った人が他人に理解されようと思ってないから「わからない」もの。複雑な技法に、その人だけの感覚。それはちょっとわからない。
⑦その作品の所属している「文脈」が見えないから「わからない」もの。特定のジャンルの作品、予備知識のいる作品、お仲間にしか「わからない」作品。そこらまでの「わか

らない」は、ぼくもあまり好きじゃない（好きなものもあります）。でも、そうじゃない種類の「わからない」もある。
⑧意味が全然「わからない」のにドキドキする。なにが書いてあるのか「わからない」のに、好きだと思う。なぜなんだろう。それは、その作品に対するレセプター（受容器）はあるのに、それを説明することばがないからだと思います。自分の中に秘められた感覚を説明することばがない。
⑨だから、ぼくたちは、それを説明するためには、自分で新しいことばを作るしかない。ぼくが「わからない」（けれど、好きな）ものを好むのは、それはただ面白いのではなく、それを説明しようとして、ぼくたちは、自分の中に新しいことばを作り出そうとするからです。
⑩その時、読書は創作に近づきます。いや、ほとんど創作しているのだと思います。ぼくは、「わからない」ものとの付き合い方を、中学生の頃、「現代詩」を読むことを通じて学びました。一つ、例をあげてみます。「わからない」詩が「わかる」ようになった瞬間の話です。
⑪ぼくは周りの早熟な天才たちの真似《まね》をして、現代詩を読み始めました。でも、「わからない」。ほんとにほぼ100％意味が「わからない」。無理もないですね。それまで、詩

人といえば島崎藤村《しまざきとうそん》、というレベルの中学1年生が、現代詩の最先端を読むはめになっちゃったのだから。

⑫谷川雁《たにがわがん》という詩人がいました。たぶん、当時現代詩を読んでいた青少年にとって「神」のような存在の詩人。共産党を脱党して過激な政治行動に走った行動派であり、ラジカルな政治思想の持ち主であり、また、華麗で難解なレトリックでも知られていた（ぼくは知りませんでした）。

⑬「男だって虹みたいに裂けたいのさ／所有しないことで全部を所有しようとする／おれは世界の何に似ればよいのか」。うん、たぶんカッコいいと思ったけど、意味がわからない。「存在ははな欠け　現象はゆるみ」って、ちょっと、どう読めばいいんでしょう。谷川さん……。

⑭そんな時、彼の代表作「東京へゆくな」を読みました。その詩はこう始まります。「ふるさとの悪霊どもの歯ぐきから／おれはみつけた　水仙いろした泥の都／波のようにやさしく奇怪な発音で／馬車を売ろう　杉を買おう　革命はこわい」。まだ「革命」が若者をとらえていた頃です。

⑮「馬車を売ろう　杉を買おう　革命はこわい」って、思わずリフレインしました。意味はわからないけど、なんかすごく素直だ、と思った。詩はさらに「なきはらすきこりの

娘は／岩のピアノにむかい／新しい国のうたを立ちのぼらせよ」「つまずきこみあげる鉄道のはて」…

⑯…とつづき「ほしよりもしずかな草刈場で／虚無のからすを追いはらえ」、そして、もっとも有名な次のパートになだれこむ。「あさはこわれやすいがらすだから／東京へゆくな　ふるさとを創れ」。この「ふるさと」はロハスな田園生活、という意味なんかじゃありません。

⑰敗戦後間もない日本、疲れ果てた田舎です。一方、東京は「文化」や「進歩」や「未来」の象徴。みんなが東京へ向かおうとする。うろたえるな、足元を見ろ、そこにおまえの生きる場所があるじゃないか。もしかしたら、これは「アンチ・グローバリズム」の遠い先駆けかもしれない。

⑱もちろん、ぼくはそんなことがわかったわけじゃありません。「東京へゆくな　ふるさとを創れ」にびっくりした。わからないけど。「東京」ってなんだ。「ふるさと」ってなんだ。面白いのは、びっくりしたことで、その前の「あさはこわれやすいがらすだから」もわかったのです。

⑲教科書的にいうと、この谷川雁という人は、打ち捨てられそうな日本の周縁部にメッセージを寄せた、ということになるでしょう。でも、この詩人も、書きながら、はっきり

とはわかっていなかったと思う。まずいきなり「東京へゆくな　ふるさとを創れ」ということばが噴出した。

⑳その「東京へゆくな　ふるさとを創れ」ということばの強さを抱いたまま、ふと見上げると、もう朝になっていた。そして、その時、朝はこわれやすいがらすのように思えた、ということだと思うのです。ことばを洗練《せんれん》させたから、この詩ができたわけじゃない。詩人にとっても……

㉑…「わからない」ことばが、見たこともない風景を生む、いつもは見慣れた風景を、新しいものに見せる。ああ、詩っていうのは、こういうものなんだ。「わからなく」っても「わかる」んだ。「わからない」からどきどきするんだ。「わからない」ものがぼくを成長させてくれるんだ。

㉒そう思った中学生がぼくでした。「わからない」の価値は、いまではずいぶん下がりました。でも、ぼくは「わからない」（けれど面白い）を大切にしたい。ぼくの小説がそう読まれたら、最高です。そのためには、自分の中に「わからない」をきちんと育てないといけないのですが。

㉓では、今晩はここまで。みなさん、小説の感想ありがとうございます。機会を見つけて、返事します。おやすみなさい。

（２０１０年5月23日－24日）

昭和以降に恋愛はない

〈予告編〉

①今晩24時から予定通り「路上演奏」します。タイトルは「昭和以降に恋愛はない」です。ご存じのない方のために一応申し上げておきますと、約1時間の連続ツイートで、中身は小説やことばの話。即興でやります。目障《めざわ》りかもしれませんが、すいません。

②ちょっと内容を考えてみたんですが、ふつうにやると2時間くらいかかりそうです。そんなのぼくも無理なので、なんとか短くしてみます。短くすると、結論だけで、乱暴な、断定っぽい言い方になるけど、仕方ないですね。それがツイッターのいいところだと思うから。厳密さはあきらめます。

③一つ、問題があるんです。実はここ数日、日本文学史上もっとも壊れた文章で書かれた小島信夫の『残光』という小説について執筆中。というか、文体模写できるぐらい厳密に一行ずつ分析してます。はっきりいって、そのせいでぼくの日本語はいま壊れてます。文字が全部、生きものに見える……。

④そういうわけで、どうなることやらわかりませんが、なんとかやってみます。あっ、内容についてなにもいってないか。あとでわかるから、いいですね。それでは、24時に、お会いしましょう。

〈本編〉

①そもそもの始まりはぼくが選考委員をしている今年の中原中也賞《なかはらちゅうや》（詩の新人賞ですね）だった。受賞作は文月悠光《ふづきゆみ》さんの『適切な世界の適切ならざる私』。確かに素晴らしい詩集だったが、ぼくは惜しくも受賞を逃した別の作品がずっと気になった。

②それは大江麻衣《おおえまい》さんの『道の絵』という私家版の詩集だった。選考会が終わっても、読めば読むほどいいと思えた。そして、とうとうその中の一篇「夜の水」という詩を、ツイッター上で全文呟いたのだ。反響は大きかった。多かったのが「現代詩を読んで初めて感動した」という声だ。

③その中に、文芸誌「新潮」の編集長Yさんのものもあった。Yさんは大江さんと連絡をとり、詩集を読んだ。感想を訊く必要はなかった。大江さんの詩集は、いくつかを削り新作を加え、タイトルも変えて来月発売の「新潮」に載る。新人の処女詩集が雑誌で掲載という例はたぶん初めて。

④（変更された）詩集のタイトルが『昭和以降に恋愛はない』だ。このフレーズは、彼女の詩の中からとった。あとはみなさんに読んでもらうだけだ。ぼくは画期的なものだと思っている。同時に、ぼくはこの詩集を読みながら、詩や小説のことばの現状について深く考えさせられたのだ。

⑤ぼくの考えを言う前に、ヒントになることばを少し引用してみたい。どちらも、詩人（ではなく、当人の名乗りでは「現代詩作家」）の荒川洋治《あらかわようじ》さんだ。読書をする人が減ったことについて、荒川さんはこういう。「読書をしないのは、他人への興味がなくなったからだと思う。…」

⑥「…本は『自分が書くのではなく、すべて他人が書いたもの』だ。本を読まなくなるということは、他人が意識のなかから消えたためだ。小さいときからだいじにされ、自分は重要な人だと思ってしまう。その他のことは見えなくなる。自分に体験できないことや、はるか遠いできごとが…」

⑦「…本のなかに書かれていれば、関係がないと思ってしまう」。確かにそうだ。さらに、別のところで、荒川さんは、もっと本質的なことをいっている。「いま歌をつくる人たちは、自分が歌をつくることだけに興味をもち、歌をかえりみなくなったように思う。これまでの名歌を…」

⑧「…そらんじたり、しっかり文字に記すことのできる人は少ない。歌の歴史への興味もうすい。おそらく自分が『濃い』のだ。自分を評価しすぎているのだ。個性というものを過剰に信頼しているのかもしれない。そこからはいいものは生まれない」。重いことばだとぼくは思う。

⑨小説や詩のことばが盛んだった時代と、小説や詩のことばが元気のない時代の差はどこにあるのだろう。ぼくは、荒川さんと同じように、みんなが「自分」に興味を持ちすぎるようになったからだと思う。かつては違った。盛んな時代の小説家や詩人は、「外」に向かって走ったのだ。

⑩彼らは、政治や社会やその他、なんにでも興味を持ち、首をつっこんだ。それに対して、ぼくたちの多くは、「内側」へ入ろうとする。不思議なことは、「外」へ興味を抱いた人たちの方が、自分に興味を持つぼくたちより、ずっと「個性的」に見えることだ。なぜだろう。

⑪それは難しいことじゃない。「外」との繋がりは無数にあって、それ故、その人の数だけ異なって見えるのに、「内」との繋がりは一つしかないからだ。自分では「個性的」と思っているのに、外から見ると、ぜんぶ同じにしか見えないのだ。そして、そのことに当人は気づかない。

⑫ここで重要なことがもう一つある。小説家や詩人が走った「外」とは何だろうということだ。社会、政治、愛、家族……それらはもちろん、そう。だが、意外なものが「外」にある。それは「自分がしゃべることば」だ。口語といってもいい。それは「外」によって変化するものなのだ。

⑬小説や詩は、危機の時代には、ことばを革新した。というか、流行《はや》りの口語を導入した。それは、目に見える「社会」でもあるのだ。紀貫之《きのつらゆき》から太宰治《だざいおさむ》（「女生徒」）、橋本治《はしもとおさむ》から吉本ばななに舞城王太郎《まいじょうおうたろう》まで、その例は多い。短歌もまた現代口語を大胆に導入することで生き残った。

⑭だが詩だけが、というか現代詩だけがその導入に失敗したのではないだろうか。ぼくは一ファンとして、現代詩の不振の最大の理由はそこにあると思っている。「書かれるべき詩」が書かれていない。みんな「内」しか見ていない。そこにはいまのことばがない。読むべきものがないのだ。

⑮さあ、やっと最初のところに戻ってきた。ぼくは大江さんの詩が「書かれるべき詩」だと感じた。そこには、「外」がある。「外」への興味があって、いまそこで話されていることば、それを話している現実の人間がいる。詩人じゃない、現実の人間だ。そっちの方が先だよ！

⑯去年の中原中也賞は川上《かわかみ》未映子《みえこ》さんの『先端で、さすわ さされるわ そらええわ』という詩集だった。「詩壇」での評価は、よくわからないが、せいぜい「いい詩集の一つ」だったと思う。っていうか、ほとんど論じられなかった。変だとぼくは思った。ぜんぜんわかってない。

⑰ぼくは素人だから、好きにいわせてもらうけれど、去年、「外」に向かっていた詩集は、あれしかなかったじゃないか。だから、№1でオンリー1です。どのジャンルでも、ほんとに優れたものは、年に一つか二つだ。去年の詩集は、川上さんだけでしょ。「外部」の考えでは。

⑱今年は、大江さんの『昭和以降に恋愛はない』だ。他の詩集も読んでいるけど比較にならない……というのは、「詩壇」的には通らないのか。そんなことは、どうでもいいや。読めばわかると思うから。そして、これは、詩だけの話じゃない。小説も同じなんだけど。というわけで……

⑲『昭和以降に恋愛はない』の話はここまで。短く、短く、しゃべろうと思ったら、ほんとに短くなっちゃった。乱暴な言い方でごめんね。ほんとうは、もっと繊細に語るべき問題なんだけど。で、最後に、やはり例が必要だ、ということで、大江さんの詩をツイートします。

⑳一度全文引用した、代表作の「夜の水」の、最初と終わり40%ほど、ツイートします。それでは。
㉑「花に感動できません。乳首舐められても感動できません。どちらも自分は困らないけど、他人が困る。わたしは、おんなのひととして、色んなものが欠けているのだと、おもわれるのだけが困る。」
㉒「最近の女子高生はふとい脚にも痣みたいなもの唇のあとをつける、それが短い制服のスカートの裾から見えると吐きそうになる。男子の唇の痕は汚い。男はなぜこの女子の、今まで他の男が触れていないところを探さなかったのだろう、こんな太い脚の、ほんのちょっとに、汚い痕を、…」
㉓「…蚊のように、他の男が吸っただろう場所の上に、情けない、他のものが触れていない場所に興味がないなんて、全てに唇を触れようとすればこの女子の体はもう全部赤褐色になって本当に醜いのだけれども、そんな姿だったらわたしは感動して話しかけたい。」
㉔「いやあもう本当醜いけどなんて素晴らしいこと！だけどまあ男子女子はそんなんで満足するのだった。そんなものでそんなもので、だから恋愛はだめだ、昭和以降に恋愛はない、街はいつでもばかみたいにセックスにしかみえない男子女子が連れ立って歩く、

みんな死なないといけない。」

㉕「(胸と、)腰以外を好きになってくれる男でもいたらいいな、だいたいがみんなそれを必死でこねる、発達しない。女子はひとりの夜いつも自分で自分をおしまいにする、自分でこねているとこの奇妙な形の性器一帯は粘土みたいに思えてくる必死でこねている、いやになる、作業。…」

㉖「…セックスはひとつとひとつの作業、だいたいが一人で持つ。みんながこうやって、こねているのだから…やさしいひとの顔さえも変な顔にみえてくる、怯える。そのひとが自分からいなくなってしまう!男はいいように触るので、その形は自分で直すしかないのだから、女子が性器を…」

㉗「…いじるのはそういうこと。粘土をやわらかくするには水がいる。女子の水は体内から外へそっと出る、夜に。」

以上です。では、また。

(2010年5月26日-27日)

楽しい政治

〈予告編〉

①今日から、3日間「路上演奏」を、というか「午前0時の小説ラジオ」をやる予定です。でも、今日は、通常よりもかなりヘビイな家事・育児デイだったので、あまり余力は残っていないかもしれません。元気なら、いつものように、24時頃からスタートします。少々、お待ちください。

②タイトルは「楽しい政治」です。ここ数日、鳩山《はとやま》首相辞任から、一連の「政治」に関するツイートを行いました。増えたフォロワーも、ほとんど「政治」への関心からだと思います。文学は、想像力を糧《かて》にします。しかし、ぼくは、政治こそ、文学以上に想像力を必要とするのだ、と考えています。

③この数日間、「政治的アクション・政治的言説」に関する「原則」についてツイートしました。今日は「実践」についてツイートするつもりです。それもまた、ぼくがおよそ40年にわたって考え、たどり着いた考えの一つであり、それは文学とも深い関わりがあ

るはずなのです。では、また後で。

〈本編〉

①およそ40年ほど前のことです。その頃、日本中の大学で「70年安保闘争」のためのバリケードが作られていました。その大学でも同じでした。そして、学生たちは、バリケードの中で、本を読んだり、討論したり、寝たり、恋愛したりしていたのです。

②そんな、あるバリケードの中で、Aさんという女の子が、デモの時にかぶるヘルメットを眺めていて、突然「こんなのかぶってても楽しくない！」と叫んだのです。そして、Aさんはいきなり姿を消すと、両手一杯のバラの花を持って現れ、ヘルメットに一つずつ貼り付けていったのでした。

③バラ付きのヘルメットをかぶるデモが楽しいかどうかはわかりませんが、確かに、そのヘルメットをかぶると、むちゃくちゃたくさんカンパのお金が集まったのは確かでした。その後も、Aさんは（音楽科だったので）、オペラのメロディで「インターナショナル」を歌ってみたり…

④…「佐藤内閣打倒・一晩中ビートルズで踊る夜」を企画して、空前の数の学生を集め、そのまま翌日デモに行ったりしたのです。その「ビートルズで踊る夜」の時のことです。

Aさんの「楽しい」やり方に反感を抱いていた、「真剣に政治を考える」党派の学生が、会場に乗り込んできました。

⑤「楽しければいいのか！　もっとマジメに政治を考えろ」という学生に向かってAさんはいいました。「楽しくって悪いか！」。それから2年「マジメに政治を考えろ」といった学生がみんな就職したり政治から離れた中で、Aさんだけが変わらず「楽しい政治活動」をしていました。

⑥ぼくがAさんに最後に会ったのは、それからさらに2年後。桜木町の路上でばったり。Aさんは水商売をしていて、「水商売をしている女の子たちの組織化」を「楽しく」やっているようでした。「タカハシくん、子育てしてるんだって？　楽しい？」「うーん」とぼくはうなりました。

⑦「あんたねえ、子育ては革命なのよ！　楽しくやんなきゃダメだってば！」。そういえば、Aさんはシングルマザーで子育てしてるという噂でした。「じゃあね」といって、Aさんは立ち去りました。最初に会った時から終始一貫、同じ恰好の超ミニスカートをはいて。

⑧この国で政治を論じる人は、どうして、あんなに苦々しそうに、いうのでしょうね。マジメな顔つきか、怒った顔つきか、うんざりしたような顔つきじゃなきゃ、政治につい

て論じてはいけないのでしょうか。なんか、変だと思ってきたんです。政治って、そんなに楽しくないものなのかな。

⑨それが、人間にとってほんとうに必要なものであるなら、それは人を喜ばすことができるはずじゃないでしょうか。ぼくは、一方にAさんを思い浮かべ、そしてもう一方に「楽しくない政治」に関わったせいで死んでしまった友人たちを思い浮かべては、そう思ってきたのでした。

⑩では、「楽しい政治」ってなんだ、ってことになりますね。別に、特別なものじゃありません。政治的問題に「原理的」に「現実的」に「思いつき」で対応する。それでいい。それで楽しくなる。それで楽しくならなかったら、たぶんどこかで間違ったと思った方がいい。具体的にいいます。

⑪ここ数日のものすごい数のリプライで多かったのは「原則には共感する。でも、実際にはどう考えるのか」というものでした。一つ、やってみましょう。例はなんでもいいです。わかりやすいところで、日韓両国が領有権をめぐって争っている「竹島」問題の「解決法」を考えてみます。

⑫「竹島」問題「解決策」の1　竹島（東島・西島を含む全岩礁《がんしょう》）を青い布で覆ってみる……なんのことだかわからないって？　もしぼくが宇宙人だとして、竹島の領有権をめ

ぐって二つの国が争っているのを見たら不思議に思うでしょう。「地球人諸君、きみたち、解決策を知ってるじゃないか」と。…

⑬…梱包芸術家クリストは、11の島をピンクの布で囲い、そこには何もないよと言ったのです。人間には「想像力」があって、目に見えるものを見えないといったり、目に見えないものを見えるといったりする。芸術にできるなら、政治にできないわけがない。あそこは海だと思うことにするのです。

⑭「竹島」問題「解決策」の2　常設国連軍（そのうち説明します）の演習基地とする。砲弾やミサイルを打ち込み続け、0・23平方キロしかないこの岩礁を消滅させてしまう。なにもなければ争いも起こり得ませんね。竹島が消滅したら、次の演習地は、次の領有権係争地に移りましょう。

⑮ぼくの「竹島」問題「解決策」は、ふざけていると思いますか。とんでもない。逆です。現在の国民国家という制度の下では「領土」問題は解決できません。それが「原理」です。「領土」問題は国民国家というシステムの「外」に出ることによってしか真に「解決」することはないのです。

⑯普天間《ふてんま》基地を含む米軍基地はすべて撤去する、これがぼくの考えるもっとも「原理的」かつ「現実的」な案です（ただし、もっと「原理的」で「現実的」で有効な案があれば、

すぐに、それに乗り換えればいいのです）。その理由についてはまた話す機会があるでしょう。

⑰政治もまた我々の「現実」です。だから、我々はあらん限りの「智恵」と「想像力」を用いて、それを「有効」に使う術《すべ》を知るべきです。こんな面白い事柄を「専門家」だけに任せるなんてあまりにもったいない。「専門家は保守的だ」。これはぼくの好きなことばです。そう思いませんか？

⑱「外国人参政権」をめぐって「すべての在日外国人に地方・中央を問わず完全な選挙権を与えよ」といった人がいます。明治14年、大日本帝国憲法に先んじて出された、植木《うえき》枝盛《えもり》の「東洋大日本国国憲按」第四編・第四十条の内容です。いまの日本人より遥かに「面白い」じゃありませんか。

⑲問い合わせがあったので、植木枝盛の「国憲按」第四十条を書いておきます。「日本ノ政治社会ニアル者之ヲ日本国人民トナス」です。一見なんてことない内容ですが、これは要するに「日本に住んでる者は、出自を問わず全員、日本人でＯＫ」ということです。「国民」の定義でこれより広いものは存在しません。

⑳植木枝盛の「国民」は、他国からの「難民」さえ包括することができます。現在、すべての憲法は「国民国家の憲法」であり、それ故「他国民との差異」を「国民」の定義に

持ち込みます。植木憲法案だけは、それを免《まぬが》れています。日本国憲法より遥かに過激ですね。なにしろ「政府転覆権」まであるんだから。

（2010年6月4日－5日）

学生たちに教わる、子どもたちに育てられる、自分の作品の読者になる

〈予告編〉

①「午前0時の小説ラジオ」、今日は……たぶん……やれると思います。子どもたちが寝てくれないか、寝かしつけてぼくもそのまま一緒に寝てしまわない限りは。今日のタイトルは「『クォンタム・ファミリーズ』を学生たちと読む」の予定でしたが、それは、一回先に延ばすことにしました。

②というのも、いつも一緒に小説を読んでいる学生たちについて話しておきたいと思ったからでした。彼らと共に本を読むことは、いつも素晴らしい体験です。それは「読む」ということについて、様々な発見をぼくにさせてくれるのです。その理由について、今晩は考えてみたいと思っています。

③だから、今日の「小説ラジオ」のタイトルは、少し長くて、「学生たちに教わる、子どもたちに育てられる、自分の作品の読者になる」というものです。なにをしゃべること

になるかは、まだはっきりと決まってはいません。タイトルを見ながら即興でしゃべることになるでしょう。では、24時に。

〈本編〉

①いま、話題の、マイケル・サンデルの『これからの「正義」の話をしよう』を読んでいます。面白いですね、いろいろ。でも、今日は、サンデルの話じゃなく、サンデルが引用しているミルのことばから。

②ミルのことばはこういうものです。「人間の能力は、知覚、判断力、識別感覚、知的活動、さらには道徳的な評価さえも、何かを選ぶことによってのみ発揮される。何事もそれが習慣だからという理由で行なう人は、何も選ばない。最善のものを識別することにも、希求することにも習熟しない。…」

③「…知性や特性は、筋力と同じで、使うことによってしか鍛えられない……世間や身近な人びとに自分の人生の計画を選んでもらう者は、猿のような物真似の能力があれば、それ以上の能力は必要ない。自分の計画をみずから選ぶ者は、あらゆる能力を駆使する」。うん、その通り！

④ミルのことばの中心は、「知性や特性は、筋力と同じで、使うことによってしか鍛えら

れない」というところにあると思います。そして、ミルのこの考えは、ミルが学校教育ではなく、ミルの父親によるある種の天才教育を受けたことによって生まれたのではないか、とぼくは考えています。

⑤ぼくが大学で教えるようになって6年目です。いつも思うのは、1年生として入ってくる若者たちの頭の固さです。もう常識でがちがちに固められている。気の毒なぐらい。だから、最初のうち、ぼくが学生たちにするのは、ある種の整体、精神的なマッサージです。他にはなにもしません。

⑥学生たちが講義の最初に訊きます。「出席はとりますか？　どのくらい欠席すると落ちますか？　評価の基準は？」。で、ぼくは「なにも決まってません」といいます。学生諸君は不安そうな顔つきになる。ぼくは心の中で「ごめんね」と言います。でも、一回、不安にならなきゃなりません。

⑦授業が始まる。窓の外は抜けるように青い空。で、外を眺めてから、ひとこと。「あのね。ずっと欠席してない人、たくさんいるよね。向学心旺盛《おうせい》ですごくいいけど、人生、勉強ばかりじゃありません。たとえば、どうしても、恋人と離れがたいとか、そういう日は断固として、そっちを優先！」

⑧それがどんなものであれ、なにかを教えたり、教わったりするには、「自分の人生の計

画をみずから選ぶ」ことができる必要があるのです。やがて、学生諸君は、徐々に「自分で選ぶ」ことができるようになる。それは訊くべきことなのか。自分はなにを知りたいのか。なにを知らないのか。

⑨ひとたび常識を離れることを知った学生たちは、たくさんのことをぼくに教えてくれるようになります。ぼくが「教える」のじゃありません。ぼくが「教わる」ようになるのです。ぼくは大学で「教える」ようになって、教育というものが実は小説（文学）とよく似ていることに気づいたのです。

⑩そのもっとも素晴らしい例が「ゾーン」体験です。ぼくと学生たちが、教室で一つの小説について論じています。集団である作品について論じる時、ひとりで読む時とは異なったことが起こることは知っていました。たとえば文学賞の選考会です。いい選考会のいい選考委員の態度はいつも同じ。

⑪「この作品については自分でもよくわからないところがあります。今日はみなさんの話を聞いて考えたいです」、これです。これは、決して無責任な態度ではありません。全身全霊で読んでなお、未解決の部分がいくつもある。これは、ある意味で、優れた作品の特徴でもあります。

⑫そのような真摯な態度の選考委員たちが討議をしていくと、不思議なことが起こります。

まず、ひとりでは思いもつかなかった考えが生まれ、やがてその考えがまるで自分が考えたかのように強い確信を持って、自分の中で生きるようになる。ぼくはそれを「ゾーンに入る」と呼んでいます。

⑬授業中に「ゾーン」に入ることがあるのです。面白い小説の面白い部分、あるいは謎めいた部分について、考えつづけている。誰かがあることをいう。それは鋭い。別の誰かが、その意見、さらに飛躍させるような意見をいう。みんながうなる。すると、また別のところから。すべては即興です。

⑭そんな授業が終わると、生徒たちは、すっかり興奮して「先生、なんかすごかったね」とか「先生、90分でこんなに真剣に考えたのは生まれて初めて」とか「どうしよう、ふつうに生きていけない」とか言います。みんな、ぼくが「教えた」のではなく、全員で作り上げた「ゾーン」のせい。

⑮「言語表現法講義」という授業（『13日間で「名文」を書けるようになる方法』というタイトルで本にしました）で、こんなことがありました。その時は「ラヴレター」を書かせる授業でした。書かせたものは、本人に読ませます。ぼくは、ぼくのゼミの学生ふたりに読ませました。

⑯その時、ぼくは、長く付き合ったふたりが、数日前に修羅場の果てに別れた直後だとい

うことは知りませんでした！　ふたりが読んだ「ラヴレター」は、すさまじい愛の葛藤の実況報告でした。教室は一瞬凍りつき、重苦しい雰囲気に包まれ、それから、突然、「ゾーン」に入ったのです。
⑰学生たちは感想を言い合い、自分の体験を語り、そして、ことばによるコミュニケーションの持つ本質的な無力さと、それにもかかわらず、ことばしかコミュニケーションの手段がない人間の存在について語りました。きわめて深く。しかも、ぼくは、ほとんど一言もしゃべる必要がなかったのです。
⑱「ゾーン」では何が起こっているのでしょう。おそらく、二つのことが起こっています。一つは、その中にいる者はひたすら「耳を澄ませて聞こうとしている」のです。もちろん、それは「考えている」と言い換えてもかまいません。でも、ぼくは「耳を澄ませて聞く」の方が近いと思うのです。
⑲もう一つは「『私』が薄くなっている」ということです。「耳を澄ます」を、別の言い方にしたと言ってもいいかもしれません。ふだん、我々は「自分」を主張します。「自分の意見」を聞いてもらいたがる。でも、それでは「ゾーン」に、というか「集合知」にたどり着くことはできません。
⑳では、「ゾーン」は特殊な体験でしょうか。いや、そんなことはありません。作家は、

小説を書く時、物語を考えたり、描写をどうしようと考えたりばかりしているわけじゃありません。自分の作品の中で、静かに「耳を澄まし」、そこで何が起ころうとしているのか探っているのです。

㉑自分でも知らない場所、未知の経験にたどり着くことこそ、「知性や特性」の目標ではないでしょうか。そして、そのためには「筋力」を鍛えるように、訓練をしなきゃならない。もちろん、ひとりでできる訓練もあります。密かに、知性を鍛えるのです。しかし、それだけでは足りないのです。

㉒それは、個人が集団の中に解消される、ことを意味するわけではありません。しかし、「教える」「教わる」の中には、我々をさらに遠くへ導くことのできる力が、通常知られているものとは異なった能力がある、とぼくは思っています。

㉓それは、数日前ツイートしたように、「政治的アクション」の原則に「自分の意見を変える」というものを入れたことにも繋がっています。我々には多くの能力があります。そして、それは、常識によって、使われないままになっているだけなのです。今日はここまで。ご静聴ありがとう。

（２０１０年６月６日－７日）

門外漢の言

〈予告編〉

①今日は久々に「路上演奏」というか「午前0時の小説ラジオ」をやります。タイトルは「門外漢《もんがいかん》の言」。今回は「ぼく」や「わたし」ではなく「おれ」にしゃべってもらう予定。というのも、ほんとうのところ、素の自分に近いのは「おれ」だからだ。

②今回の「路上演奏」は、もともと、おれを批判している一部の現代詩人に応えるものだ。だが、そんなほとんど誰も読まないテーマについて、こんな「公」の場でしゃべっても意味なんかないと思う。だから、おれは、その問題を、誰にとっても意味あるものに「翻訳」しながらしゃべるつもりだ。

③それは、この「ツイッター」という新しいコミュニケーション・ツールにも関係のあることだし。それでは、後ほど。24時に。

④そうそう、たぶん長くなるような予感がするので、後でまとめて読んでくださってもけっこうです。それじゃあ、また。

〈本編〉

①そもそもの始まりは、おれが大江麻衣さんという無名の詩人の詩をツイッター上で呟いたことだ。おれは、その詩は読まれるべきだと考え、実行した。それは大きな反響を呼び、偶然それを読んだ「新潮」の編集長は、ただちに大江さんに連絡をとった。

②そして、大江さんは処女詩集そのものを編集し直して、「新潮」に掲載された。おれは単純にいい話だと思うんだが。ところが、ここから奇々怪々な話が始まったんだ。まず、「若手の詩人たち」が激怒している「らしい」という話が飛び込んできた。「らしい」っていうのが変だろう?

③なぜ「らしい」かっていうと、その連中が直接おれに文句を言ってきたんじゃなく、その「代理人」らしい詩人が文句を言ってきた。なぜ「代理」かというと、おれが中原中也賞（という詩の賞）の選考委員で、文句を言ってるやつの中に、その賞の受賞者やこれからとるかもしれないやつ、……

④…つまり「利害関係者」がいるからっていうんだ。おれは爆笑したぜ。セコい……。まあ、そんなことで怒るほどおれは子どもじゃない。でも、その批判というのを聞いて、今度はたまげた。その批判の対象は、おれのツイートの一つ、それから大江さんの詩の解説の一行だったたからだ。

⑤その短さが問題じゃない。その連中は、おれがいままで詩について書いたものをろくに読まずに批判してるんだ。まともに読んでれば、そんな批判出てこないだろうに。おれは古い世代の人間だから、誰かを批判する時には、そいつの主要著作ぐらい読んでからするものだと思ってるけど。

⑥ところがいまやツイッター上で一言漏らしただけで、嚙《か》みついてくる。それがふだん言っていることとならいいだろう。でもふだんとまったく違うのだったら、当人の考えが変わったか、ある文脈で「反語的表現」を使ったかのどちらかだ。おれの本を読んでなくてもその区別くらいできるだろ。

⑦「勘違い」して罵《ば》詈《り》雑《ぞう》言《ごん》を呟いた代理人には、「勘違いだよ」と丁寧に指摘しておいたから、今頃、恥ずかしくて死にそうになっているかもしれない。でも、そんなの、おれの知ったことじゃない。問題は、もう一つの方だ。その一行について、説明したい。

⑧おれはこう書いた。「みんなが『書きたい詩』を書いている中で、大江さんは『書かれるべき詩』を書いたのだ」と。それに対して、おれに文句をつけるやつは、すべての詩を読めるはずもないのだから「みんな」というのはおかしい、「少なからぬ詩人が」にすれば問題はない、と言った。

⑨それどころか、おれが大江さんを推薦しようとするあまり、ついことばがすべったのだ

ろうと親切に心配さえしてくれた。残念だが、「『ことば』がすべった」わけじゃない。おれは、考えに考えて、ああ書いた。「少なからぬ」なんて、甘い表現では、なにも伝えることができないと思ったからだ。

⑩だから、おれは、これから、おれがその一行を書いた理由について話したい。そこには、おれが「文学」というものに触れておよそ半世紀近く、考え続けてきたことのエキスと言ってもいいものが含まれているからだ。

⑪おれが現代詩に初めて触れたのは13歳の時だ。その時、おれは初めて文学に触れたと言っていい。それからざっと45年、おれはいまでも現代詩を読み続けているが、いったいどのくらい読んだんだろう。さすがに最近では新刊の詩集は年に100冊ほどに減ってしまった。

⑫たとえば「現代詩文庫」の最初の100人ぐらいなら公刊された詩はほとんど読んでいるだろう。おれは、生涯に読んだ詩集の数を計算しようとしたことがある。5千冊と1万冊の間でたぶん後者にかなり近いんじゃないだろうか。それでも「ふだん詩を読まないのに威張るな」と言われるが。

⑬おれはそうやって詩を読みながら不満をつのらせていった。だが、困ったことに、その不満の理由が長い間わからなかった。おれの感受性がもう古いのだろうか？　それとも、

詩の方がおかしくなったのか？　おれが、自分に対して説明できるようになったのは、最近のことなんだ。

⑭ところで、1990年代に入った頃だ。おれは『ゴーストバスターズ』という小説を書き始め、そして作家として深刻な危機に陥った。おれは確かに「書きたい小説」を書いていた。しかし、おれが書いているのは、ほんとうに「書かれるべき小説」なんだろうか、という声が絶えず聞こえた。

⑮もちろん当時のおれは「書かれるべき小説」なんてことばは使っていなかった。「おれの小説に、ただ書きたい小説、という以上の意味や価値があるのか」と思ったんだ。つまらない悩みだというやつもいるだろう。そんなことで悩んでいる暇があったら、無心で書け、と。

⑯おれには、それができなかった。その声を無視できなかった。だが、それは、なにかを表現しようとする者が必ず聞いてしまう問いだと思う。「ただ絵を描く」「ただ曲を作る」「ただ小説を書く」「ただ詩を書く」、その先に、それ以上の「有用性」が問われるのだ。

⑰だが、その「有用性」は、「売れる」とか、「人に知られる」ということを、直接には意味しているわけではないことを知ってほしい。困惑したおれは、それでも小説を書きた

かった。小説を取り上げられることは、おれにとっては死を意味していたから。

⑱だから、おれはおそろしくアホなことを始めた。近代日本文学がこの百数十年でどのように変化していったかを「すべて」調べ、それがどこに向かおうとしているのかを調べ、その流れの中で自分の小説がどこにいるのかを探ろうとしたのである。バカだ、こいつ……。

⑲1997年に「日本文学盛衰史」の連載を始めてからずっと、おれは、近代日本という時代、その時代と共に走り続けている「日本語という共同体」について読み、眺め、考えている。『日本文学盛衰史』550頁、『ニッポンの小説』450頁、（未刊の）「ニッポンの小説2」（『さよなら、ニッポン』）700頁。

⑳そしていま連載中の「日本文学盛衰史 戦後文学篇」（『今夜はひとりぼっちかい？ 日本文学盛衰史 戦後文学篇』）まで、おれはざっと5千枚も書いてきた（捨てたものも多い）。そして、なんとか、この「日本語という共同体」について、おれのイメージを摑めたと思っている。「でも、日本語をすべて読んだわけじゃないでしょ」なんて言うなよな。

㉑その5千枚は、おれの、「言語」に関する『資本論』だ。そんなものなしでもいくらでも書けるやつは書けばいい。おれには無理だと言ってるだけだ。誰もおれにはっきりとは説明してくれなかったので、おれは自分に説明するために、長大な『資本論』が必要

だったんだ。

㉒おれの「日本語という言語」に関する『資本論』は、小説と詩を両輪としている。それに短歌が少々。俳句には手が回らなかった。それでもおれには十分だった。そこでおれが独力で発見したのは、ある意外な事実だった。小説では90年代以降、短歌では80年代から90年代にかけて…

㉓…ある特殊な作品群が、「現在の本質を呼吸していて、その作品を読むことで、この時代の息吹を嗅ぐことができる」作品群が出現する。小説では、阿部和重、中原昌也、舞城王太郎から最近では東浩紀、短歌では、穂村弘《ほむらひろし》から斉藤斎藤《さいとうさいとう》へ至る一群の歌人たち。

㉔おれは、そんな作家や歌人の作ったものを「書かれるべき小説」、「書かれるべき短歌」だと考えている。だから正確に言うなら、それらの作品群は「現在を生きる多くの人びとが、その生について問おうとする時、本質的な応答の可能性を持った表現」と言い換えてもいい。

㉕そして、残念なことに、現代詩においては、その意味での「書かれるべき詩」は少ない。それが、表現としては新参者の小説が「現在」に深く関わる表現であるのに対し、人類と共に長い歴史を持つ「詩」は、「現在」より「言語」そのもの、あるいはもっと超越的なものに関わる表現だから…

㉖…なのかもしれない。それとも、詩人たちがなんらかの理由で「現在」に興味を抱かなくなったからなのか、おれにもはっきりとはわからない。そして、おれは毎年、100冊ほど詩集を読むが、そこに「面白い詩」「優れた詩」は何冊もあっても、「書かれるべき詩」はほとんどないのである。

㉗2000年3月、「詩人」荒川洋治は「公」の色彩の濃い（産経新聞）文芸時評に「この日本では村上春樹だけが小説を書いている」と書いた。おれの「みんなが『書きたい詩』を書いている中で、大江さんは『書かれるべき詩』を書いた」なんて表現、可愛いくらいだぜ。むちゃくちゃキツい。

㉘荒川洋治は続けてこう書いた。「村上氏の今回の作品は、読者への想像力をこれまで以上に働かせ、読者の立つ現実に合うものになっている。『わたしなりの』小説を書いているのではない。いま作者たるものが読者に向けて書くべき小説を書いているのだ」

㉙この荒川洋治の発言に対して「門外漢の詩人になにがわかる」とか「すべての小説を読んでから言え」とか「おれだって書いている」と文句をつけたアホな作家は、おれの知る限りいなかった。「しがらみがないから言えるんだよな」と言ったやつはいたけどね。

㉚もちろん、みんな、荒川洋治の発言を認めたわけじゃない。「あなたの言っていることには異議がある。しかし、そのような『視線』があることは了解している」と思ったん

だ。おれはアメリカで「ニホンにはムラカミハルキ以外に優れた作家がいるのか?」と言われたことがある。

㉛だからといって「日本の小説をろくに読まずに、知った風なことを言うな」なんて言うわけがない。そのような「視線」があるだろうと思うだけだ。そして、その「視線」は、「外」からだけやって来るわけじゃない。おれたち作家の内側にあって、厳しく、おれたちを監視しているのである。

㉜その「視線」は簡単に言うなら、「批評」と呼んでいいだろう。それは、「それでいいのか」「それで満足しているのか」「どんな目で見られているのか知っているのか」という声だ。正直、時々うんざりするが、それが聞こえなくなったら、終わりだ、とおれは思っている。

㉝荒川洋治は小説に恨みがあって、あんなことを言ったのか。違うとおれは思う。やつの膨大な小説論、膨大な文芸時評は、やつの『資本論』なんだ。誰よりも詩を愛した詩人が、その詩というものが、日本語という言語共同体のどこに迷い込んだのか、それを探すための旅が、やつの小説論だ。

㉞詩の「門外漢」のおれが、小説の行方《ゆくえ》を探して、詩にも分け入ったように、やつは、詩の運命を探ろうとして、それ以外の言語表現へと踏み入ったはずだ。同じ「門外漢」と

して、おれにはその気持ちがよくわかるのである。

㉟批判とその応答は、お互いに相手への敬愛がなければ虚《むな》しいだけだ。意味のない批判の応酬《おうしゅう》をうんざりするほど体験したおれは心の底からそう思っている。ツイッターはきわめて優れた応答装置だが、同時に簡便な批判装置でもある。そのことの恐ろしさを、おれは知ってほしいと思っている。

㊱だから、今回のツイートは本質的には虚しいものだとおれは思う。そして、おれは少々哀しい。他人の悪口を言ってる暇なんかないぞ。もっと、ポジティヴなことに時間を使おうよ。おれの言いたいことは、以上だ。すいませんでした、こんなことに付き合わせてしまって。以上です。

㊲みなさん、温かいリプライ、ありがとうございます（いまは「おれ」じゃなく「ぼく」です）。ぼくは昔、こんな標語を作りました。「批判は、愛の成就のような繊細さを持って、行うべし」。いまでも座右《ざゆう》の銘《めい》にしています。では、れんちゃんとしんちゃんの間に挟まって寝ることにします。お休みなさい。

（2010年7月10日－11日）

メメント・モリ

〈予告編〉

①久しぶりに「午前0時の小説ラジオ」をします。タイトルは「メメント・モリ（死を想え）」。ついこの間、6歳になったばかりのれんちゃんは、ずっと「死」について悩んでいるようです。ぼくにたくさんの質問をします。でも、なかなかうまく答えられないし、誤魔化しも通じない。

②子どもは実に敏感です。「死」や「生」についておとな以上に、真剣に考えたりします。正しい答はないでしょう。でも、なんとか答えてあげたいと思っています。それには、ぼく自身がきちんと「死」について考える必要があると思ったのでした。では、24時に。

〈本編〉

①この間、しんちゃん（4歳）が「ままのおなかにもどりたいな」といった。すると、それを聞いたれんちゃんが「しにたくないから？」としんちゃんにいった。しんちゃんは

怪訝《けげん》な顔つきをしていた。兄が何をいいたいのかわからなかったのだ。

②思えば、れんちゃんは1年以上前からずっと「死」について、訊ねている。「しんだらどうなるの？」「ありやかぶとむしがしんだらどうなるの？」「おばけもしぬの？」「しんだひとはおはかにいるの？」「しんだらがいこつになるの？」等々。怒濤《どとう》の質問ラッシュだ。ぼくは答える。

③「みんな死んだら、魂になって、お空に上がり、それからまた、お母さんのお腹に入って赤ちゃんになるんだよ」と。ぼくはずっとそう答えてきた。最初は、れんちゃんも納得していたようだった。だが、いつの頃からか、ぼくの答に疑いを持ち出したのだ。ぼくがいまのように答える。

④すると、れんちゃんの顔がくもる。視線が宙を舞う。そして、目を伏せる。「なんかおかしい」と思っているのだ。「きっとぱぱはなにかかくしている」と。でも、利口なれんちゃんはそれ以上、追及しない。話題をそらすのである。そして、ぼくはほっとする。同時に少し哀しくなる。

⑤ではいったい、れんちゃんになんと答えればいいのだろうか。夜、怖がって泣いている時には抱きしめる。でも、疑問で一杯の目で見られる時、ぼくにははかばかしい答が浮かばない。無理もない。なぜなら、「死」の問題について、ぼく自身が明快な答を持っ

ているわけではないからだ。

⑥20代の終わり、大学時代の友人Fが肝臓癌の末期だという話を聞いた。逡巡《しゅんじゅん》したあげく、別の友人と見舞いに行くことにした。Fは退院し、最後の日々を過ごすため自宅にいた。今日のような、真夏のある日だった。Fは腹水で膨れ上がった腹をさすり困ったような顔をしていた。

⑦ぼくと友人は、Fとその妻、そして幼い子どもふたりの合わせて6人で、昼食のそうめんを食べた。Fはかいがいしく、子どもたちに食べさせていた。昼飯が終わると、ぼくと友人は帰ることにした。玄関でFがいった「今日はありがとう」。Fが亡くなったのはそれから2週間後だった。

⑧ぼくも友人もFとまともな会話をしなかった。いや、できなかった。「うまいね」とか「暑いね」とかそれぐらい。死んでゆく人間に何を話せばいいのかわからなかったのだ。「死とは何か?」とか「死の恐怖」のことを考えることも大切だったが、ぼくにはそのことも大切だった。

⑨ぼくにとって、「死」について考えるということは、死んでゆく人間に何を話せばいいのか、という問題について考えることでもあった。知人が死の床《とこ》にある、という話を聞く。お見舞いに行こうと思う。でも何を話せばいいのだろう。「頑張れ」?「元気を出

せ」？「また会おう」？

⑩ぼくが逆の立場なら、「生」の側にいる人間から、声をかけてもらいたいと思うだろうか。放っておいてほしいのではないだろうか。確かに、家族の励ましは嬉しいだろう。でも、最後までそうなんだろうか。ぼくはずっとそのことで悩んできた。母親が亡くなった時のことだ。

⑪母は心臓発作で倒れ、意識のないまま、集中治療室で人工心肺をつけられていた。1週間後、回復の見込みがないと判断され、人工心肺が外された。呼吸が停止する少し前まで、ぼくは、母の耳もとで感謝のことばを呟いていた。けれど、それは心の底から出たものではなかった気がする。

⑫それはいまでもぼくに傷となって残っている。その時も、ぼくは、死んでゆくものにかけることばがわからなかった。そのことが理解できたと思えたのは、父が亡くなった時だ。父の癌が発見された時には、すでに手遅れだった。入院してしばらくすると、父は、ぼくと弟を呼んだ。

⑬そして、死後に発生する事務的問題について詳細に伝え、ぼくと弟のやるべきことを指示した。ぼくと弟が了解すると、父は「もう思い残すことはない」といった。そこは病院の隣の中華料理屋で、もう食事もできなくなっていた父は、わずかにスープを啜《すす》ると

「ああうまい」といった。

⑭それから1月《ひとつき》半後、父は亡くなった。ぼくはその前日まで病院にいたが、医師の「まだ数日は平気」の声で、東京に戻っていた。いや、ほんとうは危ないと思っていたのだ。ぼくは、父の死に立ち会いたくなかったのだと思う。最後にかけるべきことばを思いつかないことはわかっていた。

⑮父は目を開けて亡くなっていた。最後に何を見たのかはわからない。芸術家を志して、果たせず、失意の人生であったろう父の葬儀に、家族以外の参列者は皆無に近かった。父を憎んでいた母はもちろん欠席した。亡くなった時も、葬儀の時も、ぼくに感慨らしい感慨はなかった。

⑯しばらくして、父の遺品の中から、大判の大学ノートが見つかった。それは、死の直前まで綴られた日記だった。簡潔な筆で、父は、過去に触れていた。ぼくの小さい頃のエピソードもあった。いちばん最後、おそらく亡くなる数日前に書かれていたのは、数十人もの女性の名前だった。

⑰それは、父が生涯で関係を持った女性たち、すべての名前のようだった。最後に、父の脳裏に浮かんだのは、それだったのだ。ぼくは、父の深い寂寥《せきりょう》を思い、初めて泣いた。そして、願わくば、最後の瞬間に、美しい愛の思い出に包まれていましたように、と思

った。

⑱人は最後に何を思うのだろう。そこには、もしかしたら「死」の秘密があるのかもしれない。ぼくはそう思った。そしてずっと、そのことを考えつづけている。ところで、一冊の本を紹介してみたい。今年の4月、前立腺癌で亡くなった免疫学者・多田《ただ》富雄《とみお》さんの遺著、『残夢整理』だ。

⑲末期癌だった多田さんは、思い出の死者たちについて連載を続けた。2月に書いた「後書き」を追うように、多田さんは4月に亡くなった。本が刊行されたのは、その後、6月である。その「後書き」全文を引用してみる。

⑳「私はかつて昭和天皇の『殯葬《ひんそう》の礼』に列席したことがある。真っ白な布に覆われた一室で、皇族を含む何人かが着座して待っていた。陛下のご遺体はこの真っ白なお部屋のどこかに安置されているらしかった。／しばらく待っていると、音もなく電燈がすべて消された。…」

㉑「…それから小一時間、暗闇の中で私たちは陛下を偲んだ。いわゆる『もがりの儀式』はこうしてはじまる。私たちはこの時間のうちに、それぞれの昭和天皇を思い出し、それに付随した時間の記憶を確認し、深い哀悼と鎮魂の思いに浸った。」

㉒「こうして痛切に思い出しているうちに不思議な感覚に包まれた。陛下が黄泉の国から

蘇って、この一室の暗闇のどこかから私たちを凝視している幻覚に襲われたのである。私のまぶたに涙があふれた。戦時の苦しみと戦後の復興に身近で参加されていた昭和天皇のお姿が次々に思い出されて、…」

㉓「…涙がとめどなくあふれるのをどうしようもなかったのである。／やがて無言で明かりが点いて、参内者はそれぞれの感動を胸に退出した。心が洗われたような気がした。違った時間に旅をし、昭和天皇に再会した思いだった。こうして私の昭和天皇の鎮魂は完成した。…」

㉔「…昭和天皇の『殯葬の礼』に教えられたように、切実に思い出すと私の死者たちも蘇る。本当である。私はこの執筆中に何度となく蘇った彼らと対話し、涙を流し、ともに運命を嘆き、そして深い諦念に身をゆだねた。切実に回想すればいつでも彼らに会えることを知った。」

㉕「そうなんだ。涙で見えなくなったキーボードの向こうに、死者たちの生きた時代と世界がひどく現実味を帯びて広がっていった。私は何度も何度もそこまで彼らを追いかけて行き、同じ空気を吸い、一緒に語り合った。それは多少危険な体験でもあった。そのくらい死者たちの吸引力は強かった。」

㉖「この短編を書いている最後の段階で、私は癌の転移による病的鎖骨骨折で、唯一動か

すことができた左手がついに使えなくなった。鎖骨を折ったことは、筆を折ることだった。書くことはもうできない。まるで終止符を打つようにやってきた執筆停止命令に、もううろたえることもなかった。…」

㉗「…いまは静かに彼らの時間の訪れを待てばいい。昭和を思い出したことは、消えてゆく自分の時間を思い出すことでもあった。」

㉘この「後書き」からおよそ2月後《ふたつき》、多田さんは亡くなる。「死」に臨んで、多田さんは、「過去の死者」たちの「声」を聞いていたのである。ぼくは、これを読んで、長い間の疑問が氷解するような気がした。生きている者は死にゆく者にかけることばなどなくていいのだ。

㉙なぜなら、死んでゆく者は、いきなり死ぬのではなく、少しずつ、「死」に向かうからだ。そして、「死」に向かう時、自分にとってもっとも美しい「過去の死者たち」の声を聞きたいと願うからだ。ひとりで「死」に向かう者を、癒《いや》してくれるのは、彼の懐かしい「死者」たちなのだ。

㉚ぼくがそのように思うようになったのは、ぼく自身が少しずつ「死」に近づいているからだろう。さて、これで最初に戻った。ぼくが、れんちゃんに「死」について教えることはない。いままでのように、「死んで、魂になって、また赤ちゃんになる」といい続

けようと思う。

㉛れんちゃんは圧倒的に「生」の側にいて、「死」を理解できないからだ。れんちゃん、「死」は遥かに遠い。きみに必要なのはそのことを思い煩《わずら》うことではない。でも、いつかやって来る「その日」のために、その時きみを助けてくれるはずの「思い出」を作ることにパパは協力するよ。

㉜そして、「その日」が来る時、きみが思い出す「生の追憶《ついおく》」の中に、パパの姿があると嬉しいのだけどね。以上です。うまくまとまらなかったけど、頑張って考えてみました。ご静聴、ありがとう。

（２０１０年７月20日－21日）

戦争と正義と愛国

〈予告編〉

①今晩24時から「路上演奏」(「午前0時の小説ラジオ」)をやります。間隔が空いているので、新しいフォロワーはご存じないかもしれません。1時間から2時間続く、連投ツイートです。面倒だなと思われたらその間リムーブしても、後でtwilogで読んでいただいてもけっこうです。

②今日のテーマは8月15日にふさわしく「戦争と正義と愛国」にするつもりです。もちろん、どれ一つをとっても大きなテーマであり、それを140字が限度のツイッター上で精密に論じることは不可能ですし、うまくまとめる自信もありません。ただ、それらについて、今日は考えてみたいのです。

③確かに、ツイッターは長い論理を追いかけるのには向いていません。ただ、ぼくは、タイムラインの上にぽつりぽつりと、ことばが現れる瞬間が嫌いではありません。断片は断片で読めばいいと思っています。そして、いつものようにメモだけを傍らに置いてゆ

っくり考え、キーを押したいと思います。

④叔父たちは、長兄がアッツ島で次兄がフィリピンで戦死（玉砕）しています。父はよくぼくに「祖母《ばあ》ちゃんはいつも、いちばん優秀なふたりが死んでできの悪いおまえが残った。だから、おまえの兄たちが継ぐはずだったこの家は、おまえじゃなく源一郎に継いでもらうと言ってたよ」と言いました。

⑤ぼくはその度に「冗談はやめてよ」と言ったものでした。その父もとうに亡くなってしまいましたが、この日になると、その話をよく思い出すのです。それでは、午前0時にお会いしましょう。

〈本編〉

①マイケル・サンデルの『これからの「正義」の話をしよう』がベストセラーになった。ぼくも大きな刺激を受けた。サンデルは「正義」と「倫理」は違うと言う。「倫理」が個人に関する問題なら、「正義」はその個人が「社会」と関わる時に発生する。

②「たがいに負うものは何か？――忠誠のジレンマ」と題された第9章で、サンデルは「正義」に関するもっとも本質的な問題の一つについて語っている。それは「歴史的不正に対する公的謝罪」の問題だ。ドイツのユダヤ人ホロコースト、オーストラリアの先

住民アボリジニに対する「謝罪」……。

③サンデルの母国アメリカの奴隷制に対する「謝罪」、そして日本の前の大戦におけるアジア諸国への残虐行為への「謝罪」。この問題について、サンデルは徹底的に考え抜いた後（明示されてはいないが）「謝罪すべきである」という結論に達する。理由は、それこそが「真の愛国」であるからだ。

④「自分の国が過去に犯した過ちを償うのは、国への忠誠を表明する一つの方法だ……もしも、自国の物語を現在まで引き継ぎ、それに伴う道徳的重荷を取り除く責任を認める気がないならば、国とその過去に本当の誇りを持つことはできない」とサンデルは言うのである。

⑤この論理の当否を問う前に、サンデルと共に、いくつかの前提となる問題を考えたい。「公的謝罪」に関しては、必ず、一つの（きわめて正当に見える）反論が寄せられる。それは、前の世代が犯した不正について現在の世代が謝罪する必要はない、という考えだ。

⑥「自分が生まれる前に行なわれたことについて、どうやって謝れと言うのだろうか？」と彼らは言う。この主張がきわめて強力であることはサンデルも認める。あるいは、同じテーマを扱った文章の中で、著者の加藤典洋は、こんなことばを引用している。

⑦「こんな議論は全く意味があるとは思えない。なぜいま頃、こんな議論をくどくどしているのだろうか。わたしは戦争のこともよく知らないし、アジアに謝罪しろと言われても、戦没者に哀悼の意を捧げよと言われてもできるわけがない。こんなテーマで本を書くことはもはや無意味である。」

⑧そして加藤もこのことばが「正しい」ことを認めるのである。しかし、「正しさ」と「正義」は違うのではないだろうか（だから、サンデルも加藤も「正しさ」に背《そむ》いて「正義」を目指すことになる）。そのことを、サンデル（や加藤）のことばを参考にしながら、ぼくも考えていきたい。

⑨「謝罪」反対派の意見が強力に（同時に魅力的に）思えるのは、彼らの意見を支えている論理を、ぼくたちも認めているからだ。それを、サンデルは「道徳的個人主義」と呼んでいる。それは、一言でいうなら「私の責任は私が引き受けたものに限られる」という考えである。

⑩彼らにとって「自由であるとは、みずからの意思で背負った責務のみを引き受けることである。他人に対して義務があるとすれば、何らかの同意――暗黙裡であれ公然とであれ、自分がなした選択、約束、協定――に基づく義務である」。これは、まったく反論の余地のない考え方に見えるだろう。

⑪この強力で魅力的な「道徳的個人主義」に問題点があるとしたら、どこだろう。ぼくは、これが本質的に「強者」の論理であるからではないかと思っている。一つ例をあげよう。少し前、上野《うえの》千鶴子《ちづこ》の『おひとりさまの老後』という本がベストセラーになった。

⑫これは、どうやって老後を暮らし、誰の頼りにもならずひとりで死んでゆけるかを書いた本だ。その佇《たたず》まいは強く、凛《りん》としている。だが、内田《うちだ》樹《たつる》は、この本を貫いているのは「強者の論理」ではないかと指摘した。「おひとりさまの老後」を満喫できるのは、経済的余裕のある一部の人間だけだ。

⑬この「強者の論理」に、そこから漏れ落ちる「弱者」が入る余地はほとんどないのである。「家族なんか嫌いだ」というむき出しの本音を吐けるのは、「家族」なしでもやっていける者だけなのだ。

⑭ぼくはサンデルの言う「道徳的個人主義」は、究極のところ、「個人主義」ではなく「孤人主義」に行き着くしかないと考えている。「自己責任」ということばも、グローバリズムという名の世界標準も、その背後に、「孤人主義」への傾倒《けいとう》を隠し持っている。

⑮それは、資本主義と「等価交換」が基準であるような世界の思想だ。それは、自由で強い。だが、ぼくには、いささか寂しい思想であるように思えるのだ。いまや、ぼくたちは、家庭の中でさえも「孤人」と「孤人」として向かい合おうとしているのである。

⑯サンデルは、人は「道徳的個人主義」が考える個人（自らの意思で選択した責務にだけ従う）ではなく、なんらかの共同体に所属し（その共同体の、同意によらない「責務」を負って）生きるべきではないか、と言う。理由は、それこそが「生きるに値する」「豊かな」生を与えてくれるからだ。

⑰最小限の共同体、それは「家族」だ。そして「家族」の原理は「等価交換」や「契約」ではなく「純粋贈与」だとぼくは考えている。親は子どもに将来養ってもらいたいから育てるのではない。自分が親から純粋に「贈与」を受けたように、自分もまた子どもに「贈与」するだけだ。

⑱既に書いたことだが、個人的経験を再度書く。次男は去年の正月、急性脳炎で緊急入院し、その場で医師から「生命の危機」と「回復した場合でも重篤な障害が残る可能性が高い」と宣告された。その後の数日間、ぼく（と妻）が感じたのは「暴風のような愛情」と「強烈で圧倒的な責務」だった。

⑲その極めて困難な「責務」が目の前に迫った時、感じたのは、不思議なことに絶望とそれをも凌《しの》ぐ目も眩《くら》むような幸福感だった。奇跡的に次男は回復する（いまでも少し障害は残っているが）。実際に過重な責務を負わされた時、どんな風に思い続けられたのかはわからない。

⑳まだ同じような過重な「責務」を負う人々が、ぼくと同じように感じていると断言もしない。だが、ぼくには、サンデルの言う、共同体の課す「責務」は、単なる「負荷」、重たい荷物ではないのだ、ということの意味がわかる気がするのである。

㉑比喩的に言うなら、あの瞬間、「孤人」の集まりであったぼくたちは、目の前に現れた「弱者」を見て、初めて「家族」という「共同体」になったのである。それは負荷ではなく、喜びを伴う「責務」を感じることでもあったのだ。では、共同体の、もっと上のレベルでは、何が起こるだろう。

㉒共同体の「上」のレベルとは国家だ。では、国家においては、どんな原理が「正義」と言えるのだろうか。その一つの例として、サンデルは意外な人物をあげる。南北戦争時の南軍の司令官、ロバート・E・リー将軍である。彼の中に、サンデルは、共同体の「正義」の典型を見いだすのである。

㉓「愛国心」こそ美徳だと考える人たちがいる。逆に、それはショーヴィニズム（狂信的愛国心）を招くが故に、戦争の根源と考える人たちもいる。サンデルは何《いず》れにも与《くみ》しない。そもそも北軍の士官であり、「南部連合」の「大義」であった「連邦からの脱退」にも「奴隷制」にも反対していたリー将軍が…

㉔…「南軍」の司令官の地位に就いたのはなぜだろう。大著『愛国の血糊』で南北戦争を

分析したエドマンド・ウィルソンは、リー将軍は、その戦争が「大義のない戦争」であることも「必ず負ける」戦いであることも熟知していた、と書いている。それ故にこそ、彼は、司令官の地位を受けたのだ。

㉕誤《あやま》てる祖国（故郷）は、全的敗北によってしか蘇《よみがえ》らない。底の底まで敗れ尽くすためには、惨苦を舐め、現実に気づくためには、徹底的に戦うしかなかった。それができるのは、狂信的愛国心で目が眩んだ軍人ではなく、その戦争の無意味さを誰よりも知っている自分だ、とリーは考えたのだ。

㉖サンデルはリーの複雑な悩みの中に、共同体への「責務」の一つの理想を見る。そこには「おれのことは放っておいてくれ」という「道徳的個人主義」の傲慢《ごうまん》さはない。同時に「自分の国だから守るべきだ」という単純な主張もない。「責務」に引き裂かれたまま耐える人間の姿があるばかりだ。

㉗もちろん、サンデルは、「戦争」を肯定しているのではない。ただ、「戦争」という最悪の状況、「愛国」という厳しい条件の下でも、「正気」でいることが可能である、と言いたいのだ。いや、あるいは、「正気」でい続けることが、「正義」の条件であると言いたいのかもしれない。

㉘さて、翻《ひるがえ》って、ぼくはどうだろう。ぼく自身は如何《いか》なる意味でも「愛国心」とは無縁だ

と感じてきた。だが、いまは、少し違う気がする。日本語と日本人の行為の集成としての歴史が、少しずつ好きになってきた。それは、おそらく、この国が「坂の下」に向かって下り始めたからだろう。

㉙少しずつ老い衰えてゆくこの国のことが好きになりつつあるような気がするのである。ちょうど、リー将軍が「南部」諸州を眺めていた時のようにだ。だが、それは、「戦争の時代」だった「昭和」の子であるぼくの感想にすぎないとも思う。誰にも押しつけるべきではあるまい。

㉚共同体に対する心情は、一つの「時空間」を共有する者たちの間に生まれる感情だ。だとするなら、ぼくとは異なった「時空間」に所属する人びとが、どんな共同体への「責務」を感じるのか（あるいは何も感じないのか）は、いまのぼくにはわからないのである。

㉛おそらく、その個人にとって（もし必要な）共同体があるとするなら、それは「家族」かもしれないし、もっと大きな（でも国家とも違う）なにかかもしれない。だが、いずれにせよ、そこには他の誰とも異なる「発見」の物語があるだろう。「日本」という共同体さえ、実は一つではないのだ。

㉜いや、途中で、サンデル（やぼく）も批判した「道徳的個人主義」が「孤人主義」を貫

き通すことによって、見つかる新しい原理だってあるのかもしれない。だが、それを論じるのは、この場ではない。

㉝最後に、さっきあげたエドマンド・ウィルソンのことばを引用して8月15日の小説ラジオの終わりとしたい。アメリカ人ウィルソンは『愛国の血糊』で、祖国アメリカが仕掛けた数多くの戦争を厳しく批判した（広島・長崎への原爆投下への弾劾も凄まじい）。その上で次のように書いている。

㉞「今はわれわれが何をなしつつあるかを考える時である。なぜなら、いったん戦争が始まってしまうと、もはや敵を破壊すること以外に何かを考える人はほとんどいなくなるからだ。……われわれは、わが国の最近のほとんどの戦争において、…」

㉟「…分裂して甲論乙駁であった世論がどのようにして一夜のうちに全国民ほとんど一つの意見に、すなわち、若者たちを破壊に導き、それを阻止しようとするいかなる努力も圧倒してしまうような従順なエネルギーの洪水に変えられてしまったかを見てきた。…」

㊱「…戦争時に見られる人々の一致した行動は魚群のそれに似ていて、敵の影が現われると、何の指導もないのに、いっせいに方向転換する。あるいは、空を曇らせるようなバッタの群の飛翔に似て、これまた全部が一つの本能に駆られて舞い降りて来て作物を喰

い滅ぼすのである。」

㊲「戦争」に抗《こう》するには「自分の頭」で考えるしかない。だが、魚群のように人々が振舞うのは「戦争」の時だけではないことを、ぼくたちは知っている。それに抗するのにも、「考える」しかないのである。「正義」とは、この社会にあって、「考え続ける」ことなのかもしれない。以上です。

㊳まとまりませんでしたが、頑張って考えてみました。ご静聴感謝します。

（2010年8月14日－15日）

A・Tさんへの私信

〈予告編〉

①今晩、「午前0時の小説ラジオ」をやります。内容は、いつもと少し違うと思います。というのも、今回は「私信」のようなものだからです。この前、わざわざ岩手から小説をもって、A・Tさんという若者が横浜までいらっしゃいました。東浩紀さんとの公開対談のところへです。

②ぼくは、A・Tさんの小説を読みました。A・Tさんは、感想を強く求めていらっしゃるようでした。一時的にでもA・Tさんをフォローし、ダイレクト・メッセージを送ることも考えましたが、結局、こうやって、半ば私信の形でツイートすることにしたのです。

③少なからぬ方が小説を送ってくださいます。たいていは目を通しますが、返事を出すことはあまりありません。その理由も、今回、返事をこういう形で出そうと思った理由も、後でツイートします。それでは、午前0時に、お会いしましょう。

〈本編〉

①あなたはわたしに4篇の小説を送ってくださり、感想を求められました。わたしがあなたにできる最大のアドヴァイスは、リルケの「若き詩人への手紙」をお読みくださいということだと思います。あそこには、あなたに必要なことがすべて書いてあります。

②しかし、それでは、わたしに感想を求められたあなたに失礼ですね。だから、少しだけ個人的な感想を申し上げます。あなたが送ってこられた「遺書」、「働く」、「家庭」、「女子」の4篇はどれもみな力強く、そして、どれもあなたにとって書かねばならないものであったこともわかりました。

③技術的なことを少しいわせていただくなら、あの4篇は、独立した短篇ではなく、長篇のそれぞれの章にされるといいと思います。しかし、問題は別のところにあります。あなたはまだ23歳で、小説を書き始めて間もないようです。そのため、いくつかのよくある落とし穴に落ちています。

④あなたの4つの小説は、どれも、登場人物の感情について書かれています。そして、どの人物も違うはずなのに、みんなそっくりです。おそらく、どの人物もあなたに似ているのでしょう。それはかまいません。気をつけなければならないのは、自分の感情にこだわりすぎることです。

⑤あなたは、読者の感情に働きかけなければなりません。そうでなければ、読者の知性にです。あなたがやるべきことは、そのことではないでしょうか。自分の感情について書くのは難しい。それは、要するに、「無」について書くようなものなのです。いくら書こうとしても、それは逃げてゆきます。
⑥小説家は（小説家だけではありませんね）、「有」について、存在するものについて書かなければなりません。イメージを追いすぎるのも危険です。あなたが知っているもの、そのことについて正確に語れるものがあるはずです。あなたが書くべきなのは、なにより、それです。
⑦あなたは、自分の小説について自負をもたれています。それはいいことです。それから、誰も理解してくれないこと、書いても読んでもらえないかもしれないこと、ひとことでいうなら孤独であることについても書かれていました。でも、あなたを助けることは誰にもできません。
⑧孤独であること、誰にも知られないことは、小説を書くことにとって不利な条件ではありません。逆に、そのことだけが、小説を書き始める条件であるように、わたしには思えるのです。いつ満足がゆく小説が書けるようになるのか。それは、あなたにだけわかることです。

⑨あなたが自分の書いているものの価値に気づく時こそ、あなたの書いたものが十分に価値あるものとなった時でもあるのです。それは同時に起こるのだとわたしは思います。そのためには、日々「有る」ものを書き続けるしかありません。前回の「小説ラジオ」の最後の呟きはあなたに向けてでした。

⑩小説を書くことは、いつか読者に読んでもらえる日まではなんの報酬《ほうしゅう》もない、孤独な作業であるわけではありません。誰よりも、書いている自分自身が（世界の秘密を垣間《かいま》見るという）報酬を得る。それがすべてのスタートです。自分に報酬を分け与えられない者は誰にも何も与えられません。

⑪無名で孤独で貧しく誰にも理解されないというのは苦しいことです。わたしがあなたの年齢の時、確かにわたしも同じ悩みを抱えていました。それは端的にいうなら「弱者」であるということです。それが、なにかを書くために必要な条件であることを知ったのは、ずっと後のことでした。

⑫一つの作品を書き終えると、わたしもゼロに戻ります。無名の新人と同じです。もう二度と、なにも書けないかもしれないといつも恐怖にさらされます。もちろん、誰も助けてはくれません。けれども、だからこそ、わたしは（作家たちは）、書いているのだともいえるのです。

⑬あなたは、読んでほしいとおっしゃって、わたしなら理解できるはずだと作品を送ってくださいました。たいへん光栄なことだし、嬉しいことです。けれど、そういうことをしてはいけません。いちばん読んでもらいたい人に、直接、書いたものを送るべきではないと思います。

⑭わたしは、いちばん孤独だった時、やはり、いちばん読んでもらいたい人に書いた作品を送ろうと思い、でも思い留《とど》まりました。黙っていても、その人に振り向いてもらえるような作品を書こう、送ったからではなく、その人が自ら望んで読んでくれるようなものを書こうと思ったのです。

⑮だとするなら、小説を書くことは、恋愛をすることに似ていますね。いきなりラヴレターを送りつけるのではなく、その人に振り向いてもらうために全力を尽くす。その人に振り向いてもらうために、みんなに振り向いてもらえるほど魅力がなければならないでしょう。

⑯あなたは23歳で、わたしは59歳です。わたしには、せいぜいいままであなたが生きてきた分ぐらいしか残り時間はなく、あなたには、わたしがいままで生きてきた分ぐらいたっぷり時間があります。うらやましいですね。あなたには、これからいくらでも「始める」時間があるのですから。

⑰失礼なことも申し上げたかもしれません。お許しください。あなたの作品には、様々な作家の影響も見えますし、我を忘れてしまうところもあります。けれど、本質的な孤独に向かう姿勢に揺らぎはありません。書き続けてください。それしか道がないことをあなたがいちばんよく知っているはずです。

⑱先の見えない恐怖にあえいでいるのはあなただけではありません。机に向かう時、作家たちはみんなその恐怖と戦っているのです。それでも、そこから逃げようと思う作家はいないでしょう。書くべきものは、あなたの（生活の）中にあります。そこから、書き始めてください。

⑲あの小説群を書き進めていた時、喜びはお感じになりませんでしたか。それが、「報酬」だったのですよ。それでは、今度は、どこか別の場所で、あなたの小説を読ませてください。わたしも書き続けます。さようなら、お休みなさい……以上です。

（２０１０年11月16日－17日）

「東京都青少年の健全な育成に関する条例」なんかで青少年が健全に育成できると思ってんのかよ

〈予告編〉
①久しぶりですね、「小説ラジオ」。今日は、「東京都青少年保護育成条例『改正』案」についてツイートする予定です。この件については、いままでほとんどなにもツイートしませんでした。その理由も含めて、今晩、やってみたいと思っています。
②ちなみに、今日は、「ぼく」や「わたし」ではなく、「おれ」がツイートします。その理由もまた、後でお知らせします。では、みなさん。あと30分ほど後、午前0時にお会いしましょう。

〈本編〉
①「東京都青少年の健全な育成に関する条例」の「改正」案……って長すぎるだろ、これ……が都議会で可決、成立した。みなさんは、どのような感想を持たれただろうか。

②おれはもちろん「改正」案には反対なんだが、その論拠は、多くの反対者のそれとは、少々異なるかもしれない。おれが、この件に関してほとんどツイートしなかった理由はそれだ。そもそもおれは、今回の「改正」案にだけ反対なのではない。20年前の「有害」コミック指定にも反対だった。

③いや、「改正」前の「条例」にも反対だ。というか、ポルノチックなものを（だけではないが）取り締まるあらゆる試みに反対だからだ。そういうと、おれは「表現の自由」を守るために、反対していると思われるかもしれない。もちろん、おれは、他人の「表現の自由」は守るべきだと考える。

④だが、おれ自身に関してはあまり「表現の自由」を主張しようとは思わない。おれは書きたいものを書く。規制したいやつがいたら勝手にするがいい。おれはあらゆる手段を駆使《くし》して、ひとりでもやる。それだけだ。

⑤この問題に関して、常套句《じょうとうく》のようにいわれることばがある。「あなたは、こんな作品を子どもに見せられますか？」。バカいうな。「こんな作品」はおれたちが見せるものじゃなくて、子どもが勝手に見るものだろう。いや、おれは、「こんな作品」を子どもたちにぜひ見てもらいたいと思っている。

⑥おれの立場はこうだ。「青少年の健全な育成」のために、ポルノチックな作品を読むこ

とは絶対に必要不可欠だ。おれは、4歳と6歳の子どもを育てている父親として、そう断言する。そのようなおれの意見が、圧倒的な「公共性」を持つかどうかは、おれにも判然としない。

⑦一つの「意見」が「公共性」を有するには、平準化が必要だ。そのためには、他人の意見や感想に合わせなければならない。その重要性をよくわかりつつ、それでも、おれは、おれの「肉体」を通して正しいと思える思想を捨てるわけにはいかないと考える。そもそも、おれはいい子じゃないし。

⑧たとえば、「児童ポルノ」はさすがにまずいと、「改正」案に反対する人間も思うかもしれない。おれは、どれほど醜悪な作品、最低の作品もまた同じように必要だと考える人間だ。そういった劣悪な作品は、子どもに悪影響を与えるのか？　ここからは、おれの個人的な体験について書いてみる。

⑨おれが生まれて初めて「極悪ポルノ」にぶつかったのは、小学校2年の時だ。おれは父親が隠していた「看護婦レイプ小説（挿絵入り）」と「近親相姦少女レイプ小説（挿絵入り）」を発見したのだ。正直、天地が裂けるほどの衝撃を受けたね。よく意味はわからなかったが、ヤバイと思った。

⑩まだ幼い性欲がいたずらに刺激されたのも事実だった。それまで、一重だった世界が二

重に見えた。おれがそれを読んだことは絶対に誰にもいってはならない「秘密」だった。そう、おれは「秘密」を知ったのだ。そして、おれは、しばらくして、小説や文学と呼ばれるものを読むようになった。

⑪そこでいったい何が起きたのか。おれの考えでは、「光と闇の分離」が起こったのである。劣悪な作品、ポルノチックな作品は、「罪」であり「闇」であり「毒」なのかもしれない。では、「闇」は不要で、危険なものなのか？　断じて違う。「闇」はなくてはならないものだ。

⑫「闇」がなければ、誰も、光り輝く世界を知りようがないのだから。最初のうちは、誰も「闇」を知らない。「闇」を知らないということは、「光」を知らないということだ。おれは、子どもたちに「光」と「闇」の世界があることを知ってもらいたい。そのために、ポルノは必要不可欠なのだ。

⑬おれが、そういうと、「あなたは、自分の子どもにポルノを見せるのか」というアホがいることは書いた。見せねえよ、そんなもの。おれは、家では断固としてゾーニングをする。ポルノチックなものは追放する。もし、子どもが持っているのを見つけたら、取り上げる。

⑭子どもが「なんで、ダメなの？」と訊ねたら、「まだ早い！」でお終い。子どもは不満

を感じるだろう。それでいいのだ。後は自分で探せばいいのである。家庭でゾーニング、学校でゾーニング、それで十分じゃねえか。彼らは数少ない時間と、狭い空間をぬって怪しいものを見つけるだろう。

⑮ポルノや暴力が子どもたちに悪影響を与えると信じるやつがたくさんいる。おれの考えでは、そいつらは、自分がきわめてポルノチックな人間なので、他人もそうなるに違いないと思い込んでいるのである。はっきりいって、それ、ビョーキですから。医者に行った方がいいと思うぜ。

⑯そいつらは、子どもを信じていないのである。子どもの能力についてなにも知らないのだ。おれは、そういう人間こそ、青少年の「健全な育成」に害をなしていると思うね。もちろん、ポルノチックなもの、「闇」は危険だ。成長を促すだけではなく、取り込み、破滅させることもあるだろう。

⑰それがこわい、というなら、子どもたちになにも見せるな。あらゆる文化は、光と闇でセットになっているのだ。危険なものばかりじゃないか。テレビも本もみんな奪い、部屋に閉じ込め、オナニーできないように、後ろ手錠《てじょう》にでもしておくことだ。彼らのほんとうの希望は、それなのだ。

⑱「性的」なものが青少年に害毒を与える、という意見が、如何に現実離れした妄想であ

るかを膨大な資料で立証した『青少年に有害！　子どもの「性」に怯える社会』の中で、著者は、こんなことを書いている。「放送電波から情報やセックスが消え去ることなどありそうもない。…」

⑲「…どんな法律も、インターネット用のどんなフィルターも、どれほど用心深い両親も、二歳を超えた子どもの目に触れるまえに、すべてのページ、すべての画素に注意を払うことはできない。高校の新入生ローラ・メギヴァーンは、こうした方法で子どもを『守る』べきで、それが可能だと…」

⑳「…考えている親たちに向かって鋭い、哀れむような調子で語りかけた。地元ヴァーモントの新聞にこう書いたのだ。『あなたがたが興味を持ちそうな物を知っています。鍵のかかるクローゼットです』――子どもをそこに押しこめておけばいいというのである。／子どもがメディアを利用するとき、…」

㉑「…ローラが考えている以上に、大人は影響力を持つことができる。しかし、検閲は保護ではないという点で、彼女は正しい。それよりも大人は、性の世界に進む子どもに戦う機会を与えるために、正確で現実的な情報と、愛とセックスをめぐる豊饒なイメージと物語で、その世界をいっぱいに…」

㉒「…してやらなくてはならない」。必要なのは、規制することではない。性の「闇」が横《おう》

溢《いっ》するなら、それに抗する、豊かな世界を与えることが、彼らをサポートする最大の力なのだ。だが、やつらは、「規制」するだけで、なにも与えようとはしないのである。なぜって？　バカだからだよ！

㉓これで、まだ半分ぐらいだね。ゆるゆる行こう。おれが、今回の「改正」案反対側に明確に立たなかったのは、いままでツイートしたように、そもそも、考え方が違っているからだ。だが、もう一つ理由がある。おれは、「改正」案への反対側の人たちが、少々紳士的すぎると感じているからだ。

㉔青少年保護育成条例（っていうが、ぜんぜん、保護にも育成にもなっていないことはもういった）の「改正」案に対して、反対論者たちは、ていねいに、精密に、論陣を張った、とおれは思う。でも、それでいいのかな。だって相手にしなきゃならないのは、あの「都知事」なんだぜ。

㉕今回の「改正」案は、性に関する、微妙な内容を含んでいる。ところが、それを自分の名前で提出している「都知事」が、性（だけでなく）差別発言をどかどかしている。それって、どうよ。ふつう、周りで「こういう改正案ですから、発言を慎んでください」と注意するだろう。

㉖というか、本気で子どもたちのことを考え、本気でポルノ的表現の横行が問題と考え

（横行してないけど）、本気で対話し、本気で合意をはかろうとするなら、あんなアホ発言、連発しないだろう。では、どういうことなのか。なめているのである。誰が？「都知事」がだ。誰を？　我々をだ。

㉗あの男は、論理的でも倫理的でもないことを平気でいう。反論されると、恫喝《どうかつ》する。今回だけじゃない。ずっとそうだ。なぜか。それが楽しいからだ。「正しくない」ことをいって、誰かが反論する。そういう時、デカイ声で「バカ！」というと、みんなおとなしくなる。それが嬉しいのである。

㉘おれは、あの男と同じ精神構造の人間たちとしばらくつきあったことがあるのでよく知っている。チンピラヤクザだ。ああいうやつは、自分でぶつかっておいて、「この野郎、ぶつかったな」と因縁をつける。むちゃくちゃだ。しかし、そのむちゃくちゃが、恫喝で通るから、嬉しいのである。

㉙ああいうアホは、説得のしようがないのだ。無駄なんだよ。だって、他人の話を聞く意思がそもそもないんだから。それにもかかわらず、ていねいに説得しようとする人達に、おれは深い敬意を払う。マジな話。でも、おれは、いやだね。高橋家の家訓は「なめられるな」だからさ。

㉚おれはおれのやり方で好きなようにやる。それだけだ。ところで、前回の改正案、「非

実在青少年」が問題になった時、東京都が出した「条例改正質問回答集」の中に面白いQ&Aがある。「『非実在青少年』は生きている青少年ではないのに、なぜ規制する必要があるのですか?」への回答だ。

㉛そこにはこんなことが書いてある。「これまでも、子供が読んだり見たりした場合に、性的な刺激を強く受けるような漫画などについては、その子供の健全な成長が妨げられるのを防ぐため、条例により子供に売らない、見せないための取組(いわゆる「18禁図書」として「成人コーナー」に…」

㉜「…置くこと)を行ってきました。今回の改正は、漫画などのうち、18歳未満のキャラクターに対する強姦(レイプ)や近親相姦(親子や兄弟姉妹間のセックス)など、実社会では社会的に許されない悪質な性行為について、読者の性的好奇心を満たすため、あたかも楽しいこと、社会的に許されること…」

㉝「…であるかのように描くような漫画などは、性的判断能力が未熟である子供が読んだり見たりした場合に『このようなことをしてもいいんだ』『このようなことをしてみたい』などの誤った認識をしてしまうおそれがあるため、子供への販売を行わない対象に追加するものです。」

㉞おれがウケたのは「『このようなことをしてもいいんだ』『このようなことをしてみた

い』などの誤った認識をしてしまうおそれ」という部分だ。そういう考えになるものを規制するのが、どうやら「青少年保護育成条例」の役目のようなのである。だったら、まず規制すべきものがあるだろう。

㉟「都知事」の数々の性（を含む）差別発言だよ。「このような差別的なことをいってもいいんだ」「こういうむちゃくちゃなことをいっても誰も反対できないなら、ぼくもこういうことをいってみたい」などの誤った認識をしてしまうおそれがあるじゃないか。こっちの方が遥かに被害甚大です。

㊱「東京都青少年の健全な育成に関する条例」の（変わっていなければ）、第四条の三はこう書いている。「都民は、青少年を健全に育成する上で有益であると認めるもの又は青少年の健全な育成を阻害するおそれがあると認めるものがあるときは、その旨を知事に申し出ることができる。」

㊲いわゆる「都民の申出」条項である。おれは、6歳と4歳の子どもを育てているひとりの都民として、「第四条の三」に基づき、次のように「申出」たい。

㊳「拝啓　東京都知事殿。昨今、石原慎太郎と称する男が、性（だけではない様々な）差別発言を繰り返しております。これは、青少年の育成を妨げる明白な行為でありますので、厳重に取り締まるようお願いいいたします。平成22年12月29日 東京都民・高橋源一

郎」

㊴以上です。おれは、いい子ではないので、真似しないでください。ご静聴、ありがとうございました。

（2010年12月29日−30日）

愚行について

〈予告編〉

①今晩、午前0時から、新年1回目の「小説ラジオ」をやります。タイトルは、「愚行について」です。新年にふさわしいかどうか、わかりません。たぶん、「いい子」向きの話ではないので、「正しい」ものが好みの方《かた》は、スルーされた方がいいかもしれません。

②今晩、話したいのは、(1)個人的な「愚行」の思い出、(2)ツイッターのような公共空間における「公」と「私」、(3)ある本に書かれていた「愚行」を通しての「発見」、です。ぼくの中では、どれも繋がっています。うまくいくかどうかはわかりませんけれど。

③忘れてました。今日は「ぼく」ではなく、「おれ」の出番でした。では、午前0時にお会いしましょう。

〈本編〉

①前回、「東京都青少年保護育成条例」の時、つい我が家の「家訓」についてしゃべってしまった。「なめられるな」というやつだ。そのことにまず触れておきたい。もちろん、その家訓を作ったのはおれの父親だ。この父親という人物はかなりの変人だった。

②おれは小学生の頃、ひどい泣き虫で、そのせいだろう、しょっちゅうイジメられていた。ある時（1年生）、泣きながら家に戻ったら、たまたま家にいた父親に、ひどく叱られた。「やられっぱなしでいいのか！　やり返して来い！」というのである。はっきりいってイジメより父親の方が怖い。

③次の日、おれは、おれをイジメたやつに初めて抵抗した。もちろん、父親が怖かったからだ。学校から「ゲンイチロウ君が喧嘩《けんか》しました」と連絡があった。それを聞いた父親はこういったそうだ。「どっちが勝ちました？」。バカだ……。それからしばらくして、またおれはイジメられた。

④たまたま、その時持っていた、鉛筆削り用のナイフを振り上げて、相手を威嚇《いかく》した（だけだったけど）。また、学校から家に連絡があった。おれは、相手と戦ったから誉めてもらえるんじゃないかと思った。ところが、おれは父親にビンタされちまった。「武器はいかん！　素手でやれ、素手で！」

⑤こんなことをいうと、父親は単なるアホな武闘派に見えるかもしれんが、実際は少々違う。父親は子どもの頃ひどい小児マヒにかかって、片方の脚が子どもの腕ほども細く、しかも短かった。正視にたえぬ脚だったが、おれは生まれてからずっと見ているから別に当たり前だと思っていたっけ。

⑥そんな脚で、ひどいビッコをひいているので、バカにされることも多かった。母親と結婚した直後、母親と難波（大阪です）を歩いていて、ヤクザにからまれた。「ビッコのくせに、別嬪《べっぴん》を連れてナマイキだ」といわれたんだ（若い頃、母親は美人だったw）。ヤクザが父親の胸ぐらを摑んだ。

⑦次の瞬間、吹っ飛んでいたのはヤクザの方だった。父親は、下半身は子ども並みだったが上半身は鍛えに鍛えていた。おれも覚えているが、まるでレスラーみたいな腕っぷしだった。なぜかって？「なめられてたまるか」と思っていたからだ。

⑧父親の「なめられるな」は、おそらく、彼の身体の障害から来ているのだろう。それは、一種の「弱者が生きられる論理」だったのだと思う。そういうと、すごくいい人に見えるが、そんなことはない。なにしろ、典型的な家庭内独裁者（家長）だったし、マッチョな男性中心主義者だった。

⑨おまけにチョー右翼だったし。だが、父親の身体は、「弱者」であることの意味を知っ

ていたと思う。晩年、父親は、老い（弱い）、癌になり（弱い）、離婚して孤独になり（弱い）、貧しく（弱い）、ある意味で「弱者」をきわめることになった。話があうようになったのは、その頃だ。

⑩死ぬ直前、父親は、突然、こんなことをいい出した。「あのな、ほんとうに殺されそうになったら、相手の喉笛《のどぶえ》に噛みつけ！」と。なにがいいたかったんだ、あの人。少しも変わってないということか。おれは、正直にいって、父親がいっていることは「正しい」とは思っていない。

⑪「なめられるな」も「素手で戦え」も「相手の喉笛に噛みつけ」（笑）も、ちょっとどうかと思うぞ。まず「対話」だろ。っていうか、そういう風に、子どもに教えるだろ。だが、おれは、同時に、その「正しくない」考え方に、魅《ひ》かれるのである。もしかしたら、洗脳されちゃってるのかも。

⑫おれは、さっき「弱者の論理」といった。おれは、たとえば、パレスチナ難民とイスラエルの関係を考えるんだ。誰もが、徹底した「話し合い」による解決を訴える。そして、そのことはまったく「正しい」。論理としては。だが、絶対的な力の差がある時、その「正しさ」は正しいのだろうか。

⑬おれはテロのことをいっている。テロは「正しくない」。その通りだ。だが、絶対的な

弱者、つまり、絶対に勝てないことを知っている者にとって「正しさ」とはなんだろう。なにものでもないのだ。テロは、究極には「なめられるな」という主張なのだとおれは思う。

⑭おれは、別におれのアホな父親のいってることを、世界政治と結びつけようと思っているわけじゃない。マジ無理ですから、そんなの。テロは愚行だ。ヤクザをぶっ飛ばした父親のやってることも愚行だ。そして、あらゆる愚行には愚行の存在意義があるといいたいだけだ。

⑮この前、おれは「東京都青少年保護育成条例」への違和だけではなく、反対運動への違和も呟いた。その理由もそこにある。「公」は「正しさ」を求める。それは正しい。そこには論理と対話が必要だ。まったく同感だ。だが、その「正しさ」から漏れてくるものはどうすればいいのか。

⑯ぶっちゃけていうと、ひとりの人間の中に、矛盾した考えが渦巻いている。人間は点ではない。面かもしれない、立体かもしれない。点なら、そこから一つの信号だけを取りだせばいい。しかし、面や立体からは複数の信号が発信される。それを受信するためにはどうすればいいのだろう。

⑰ツイッターのいいところは、複雑な発信と受信ができることではないか、とおれは思っ

ている。おれが時に「おれ」を使い「ぼく」を使い、「わたし」を使う理由もそこにある。「公」と「私」を繋げる作業は、人と人の間だけではなく、ひとりの個人の中においても必要なのである。

⑱いま思い出したんだが、前回、「チンピラヤクザ」と付き合っていたと話したっけ。別に「友だち」だったわけじゃありませんから。20代前半、そういう連中がゴロゴロいるところにいただけ。で、ある日、チンピラにからまれ、いいようにのされてしまいました。ボロボロだ。

⑲その時、おれの脳裏に父親の金言《きんげん》が蘇った。「なめられるな」。バカだ……。やり返さないと、父親に叱られる。だが、相手はチンピラとはいえヤクザだ。しかも「武器は使うな！　素手で戦え！」だもんな。父ちゃん、ハードル高すぎますから。で、おれは、ない頭を使って考えた。

⑳「頭突き」しかない。しかし。ただの「頭突き」では効かん。なにしろ、相手はケンカのプロだし。たいてい、刃物を持ってるし。「頭突き」で頭を後ろにスイングしている段階で気づかれます。だから、おれは「謝る」ことにした。いや、相手に向かって「ごめんなさい！」というのである。

㉑そして、そのまま相手の鼻に向かって思いっきり頭をぶつけるのである。チンピラはこ

ちらをなめている。それが付け目だ。ほんとに謝ってるのか？　一瞬、そう思う。そう思って反応が遅れる。鼻に全力で頭突きすると効きます。鼻骨折れるし。なにより鼻出血で呼吸困難になる。これがいい。

㉒あとは、ダッシュで逃げる。これ、必勝法です。って、ほんとにただの「愚行」じゃん、これ。でも、この場合、会話も対話も論理も通じない相手だから、許してくだされ。

㉓話はぜんぜん変わるが（ほんとうはぜんぜん変わってないのだが）、おれは、杉田成道《すぎたしげみち》さんの『願わくは、鳩のごとくに』という本を読んで、深い感銘を受けた。杉田さんは『北の国から』の名ディレクターだが、この本で、杉田さんは、彼が行った大「愚行」について書いている。

㉔杉田さんは、「57歳で第一子、60歳で第二子、63歳で第三子」を授かるのである。尋常ではない。おれも還暦《かんれき》で6歳児と4歳児の子育て中で、そうとうバカだと思っていたが、もっと凄まじいバカがいて、ほんとうに嬉しい。

㉕そもそも、子どもを産み・育てることが「愚行」かもしれないということをさておいて、老年に達して子育てを敢行しようというのは、はっきりいって「愚行」だ。子どもが成人する頃には、親が死んでいるなんて、ほんと無責任だし。穏やかな晩年なんて吹き飛んでしまうし。

㉖いや、もっと悲惨なのは、若い父親ならできることができないことだ。肩車しようとするなら、待っているのはぎっくり腰だし。杉田さんの本でも、杉田さんが「愚行」を行った結果、甘受しなければならなかった無残な出来事が列挙されている。慣れない洗濯で妻に怒られる。

㉗子育ての一つひとつが下手くそで、やはり怒られる。汗みどろになり、疲れ果てて、眠る。それが「愚行」の結果なのである。だが、そこで、杉田さんは重要なことに気づく。それは自分が「弱者」であることだ。

㉘それまで、杉田さんは、たいへんなことがあったにせよ、有名なディレクターで、我が世の春を謳歌《おうか》していたのかもしれない。だが、老年での子育ては、杉田さんを「弱者」にした。杉田さんの名声も経歴も、子育てにはなんの役にも立たない。いや、もっと重要なことがある。

㉙重たい物をやっとこさ持ち上げる、その力のなさは、女性のそれだ。老年の子育ては、杉田さんに、「弱さ」を、女性（や母親）がどんな思いで、子どもを育てていたかを気づかせたのである。自分が老いて、初めて、女性であることの苦しさ（の一部）に気づいたのである。

㉚「愚行」が「気づき」を呼ぶのは、こんな瞬間だ。健康で若い父親が気づかぬことを、

老いた人間だから、気づくことができるのだ。ところで、この本の後半部に、唐突に山下将軍のことばの引用がある。それが、なぜなのかは、ここまで読んでいただいたみなさんにはわかってもらえると思う。

㉛山下奉文《ともゆき》大将は、第十四面軍司令官として第二次世界大戦中、活躍し、戦犯として、フィリピン・マニラで昭和21年2月23日絞首刑に処せられた。その日の早暁、絞首刑の40分前、クリスチャンの兵士と元住職のふたりの教誨師《きょうかいし》に、山下将軍は次のようなことばを残している。

㉜遺言はないかと訊ねられた将軍は「いまとなってはなにもない」と答えた後、口述筆記を頼んだ。まず「私の不注意と天性が暗愚であった為、全軍の指揮統率を誤り、なにものにも代え難いご子息、あるいは夢にも忘れ得ぬ御夫君を多数殺しましたことは、まことに申し訳ない次第であります」……

㉝…と始め、敗戦国日本を、二度と武力を用いぬ文化国家にすることを念じ、道徳や倫理や科学教育の必要性を説く。だが、真に驚くべきなのは、最後の部分だ。最後の部分で、山下将軍は、語りかける対象を限定する。すなわち、「女性」に向かって語りかけるのである。

㉞「平和の原動力は婦人の心の中にあります。皆さん、皆さんが新たに獲得されました自

由を有効適切に発揮してください。自由は誰からも犯され、奪われるものではありませ
ん。皆さんがそれを捨てようとするときのみ、消滅するものであります。」
㉟「皆さんは、既に母であり、又は母となるべき方々であります。母としての責任の中に、
次代の人間教育という重大な本務の存することを、切実に認識して頂きたいのでありま
す／愛児をしっかりと抱きしめ乳房を哺《ふく》ませたとき、何者も味わうことの出来ない感情
は、母親のみの…」
㊱「…味わいうる特権であります。愛児の生命の泉として、母親はすべての愛情を惜しみ
なく与えなければなりません。単なる乳房はほかの女でも与えられようし、また動物で
も与えられようし、代用品を以てしても代えられます。しかし、母の愛に代わるものは
ないのであります。」
㊲「母は子供の生命を保持することを考えるだけでは十分ではないのであります。／大人
となったとき、自己の生命を保持し、あらゆる環境に耐え忍び、平和を好み、協調を愛
し、人類に寄与する強い意志を持った人間に育成しなければならないのであります。／
皆さんが子供に乳房を哺《ふく》ませた…」
㊳「…ときの幸福の恍惚感を、単なる動物的感情に止めることなく、さらに知的な高貴な
感情にまで高めなければなりません。／どうか、このわかりきった単純にして平凡な言

葉を、皆さんの心の中に留めてくださいますよう。／――これが、皆さんの子供を奪った――私の、最後の言葉であります。」

㊴最大の「愚行」である戦争の責任者として、「強さ」の極致《きよくち》にあった山下将軍は、最後の最後に、戦犯というもっとも「弱い」立場に陥った時、「弱者」の論理に気づいたのである。だから、「女性」に向かってだけ、最後のことばを送ったのではあるまいか。この直後、山下将軍は処刑される。

㊵愚行は必要だ。もちろん、それは、おれたちを愚かさから救い出すためでなければならないのだが。今夜は、ここまで。長い時間、ご静聴いただき、深く感謝します！

（２０１１年１月３日－４日）

国旗と国歌

〈予告編〉

①今回はちょっと、悩ましいテーマです。4月に迫ったれんちゃんの小学校の入学式で、もし「君が代」を起立して斉唱《せいしょう》することを求められたらどうするか、という問題です。

②ぼくは、入学式には出席し、もし起立と「君が代」を求められても、起立せず・歌わないつもりです。だが、そのことで、子どもを不快な状況に陥らせたくない。だから、出席しない方がいいのかもしれないと考えたりもします。できればスルーしたい問題ですけれど。

③この問題を急にとりあげるのは、昨日、深く考えさせられる出来事にぶつかったからでもあり、数時間前に「自民党が『国旗損壊罪』提出へ　君が代替え歌に刑事罰検討」というニュースを見たからでもあるのです。今晩はみなさんとじっくり考えたいと思います。

④ぼくも思案中のことです。結論が出るかどうかもわかりませんが。では、後ほど、24時

に。

〈本編〉

①つい先日、ぼくが勤めている大学（明治学院）の教授会で、印象的な出来事があった。本人の許可をとっていないので「ある先生」としておこう。「ある先生」は何年も入学式に参加されていない。その理由を切々と語られ、ぼくは強い衝撃をうけたのだ。

②「ある先生」が教授会で述べられたことを、内容を改変しないようにまとめると、こうだ。「このことを述べるのは、たいへんな心理的圧迫があることを理解していただきたい。わたしが入学式に出席しない理由の一つ目は『賛美歌』を歌うことに抵抗があるからです。…」

③「…それは信仰に関することというより、これを歌う新入生諸君を圧迫することになるのではないかと思うからです。わたしたちの学校はキリスト教系の大学ですが宗教学校ではありません。新入生の中に、イスラム教徒や仏教徒や神道を信じる者もいるかもしれない。…」

④「…彼らの信仰と異なるものを信じる歌を歌わせること、それも最初の機会に、それは彼らを圧迫することにならないのか。もう一つは、校歌です。ご存じのように、わたし

たちの校歌は島崎藤村《しまざきとうそん》が作詞したもので、たいへん優れたものです。だが、わたしには歌えない歌詞がある。」

⑤「それは『ああ行けたたかへ雄雄志《おおし》かれ』という部分です。わたしは歌う気になれない。おそらく、この歌詞に違和を感じるのはわたしだけではないはずです。わたしは、式に参加する人を止める気は毛頭ありません。けれど、わたし自身が参加してあの曲を歌う気にはなれないのです。」

⑥「ある先生」のその発言を聞いて、ぼくは、ぼくが見て見ぬふりをしていた部分を、鋭く指摘されたように思った。最初の「賛美歌」についていうなら、うちの大学はきわめてリベラルで、信仰の強制も儀式への出席の強制もない。宗教的教育も形式的なものだ。

⑦極端にいえば、入学式と卒業式の2回だけしか「賛美歌」を歌わない学生も多い。もちろん、日の丸が掲揚《けいよう》されることも「君が代」を歌うこともない。それ故にこそ、わずか2回の斉唱に（ひそんでいるかもしれない）圧迫に気づかなかったのだ。もう一つの藤村の歌詞はもっと微妙だ。

⑧「ああ行けたたかへ雄雄志かれ」は、別に戦争をけしかけた歌詞ではない。青年に対して、目の前にそびえたつ障害に立ち向かえと呼びかけたものだ。けれど、当時の藤村の考えからしても、この歌詞の背後にマッチョな、男性中心的な思考があることは否定で

きないだろう。

⑨「弱いもの」を大事にしたいと考える「ある先生」にとって、その歌詞に表れた藤村の思想は肯《がえ》んじないものだったのだろう。もちろん、そこまで、厳密に考える必要はないという立場もある。ぼくだって、賛美歌に共感し、歌詞の意味を理解した上で、式で斉唱しているのではない。

⑩けれど、「ある先生」は、大学という場所に初めて集《つど》う時、そこがどんなところかを教えなければならないのだとしたら、そこが物事を突き詰めて考える場所だと伝えるべきだと考えた。その時「賛美歌」を歌うこと、ある「歌詞」を歌うことの意味こそ、まず問われたのだ。

⑪「ある先生」の話を聞きながら、ぼくは目前に迫ったある問題を考えなければならないことに気づいた。長男であるれんちゃんの入学式だ。式次第がどうなっているかぼくは知らない。だが、国旗掲揚と「君が代」斉唱があるとしたら、どうすればいいのか、ということだった。

⑫この問題に関して、ある意味で、ぼくの考えは決まっている。「君が代」については、どのように解釈しても「天皇家の御代《みよ》」が続くことを祈った歌詞なので、それを歌う気にはなれない。国旗については、それがどのような旗であれ、旗に頭《こうべ》を垂《た》れる趣味は、

ぼくにはない。以上だ。

⑬さらにいうなら、ぼくは、自分はきわめて愛国的な（というより愛郷的な）人間だと思っている。この日本という「国（郷土）」の長い歴史と文化、とりわけ、言語文化に深い愛着と崇拝の感情を持っていることをぼくは隠さない。日本文学が世界最高だと思うぐらいに、だ。

⑭だからこそ、たかだか百数十年の「歴史」しかなく、しかも、一部の人々によって恣意的に作られた国旗や国歌には違和を感じざるをえないのだ。もちろん、国旗や国歌が好きな人はいくらでも大事にすればいい。ぼくは興味がないので放っておいてほしいだけだ。

⑮国旗が掲揚されている場所、「君が代」を歌わなければならない場所に出向かなければいい。だから、そのようにぼくはしてきた。幸いなことに、大学では、そのような目にあわずにすんだのである。だが、思いもかけなかった事態がやって来る。子どもたちの学校だ。

⑯子どもたちがどうするかは、ぼくが決めることではない。彼らは、みんなが歌うからという理由で歌うかもしれない。それでいいと思う。つまらないもの、醜悪なものともおおいにつきあえばいい、というのがぼくの教育方針だ。ずっと後になって、自分で考え

ればいいのである。

⑰ただし、ぼくは、子どもたちの前では（というか、それ以外の場所で、そんな目にあうことはないはずだから）、起立もせず、「君が代」も歌わない。そして、理由を訊ねられたら、ゆっくりと話したい。ぼくは、多くのものに、愛情と敬意を表する。あるいは、忠誠を感じる。

⑱だが、ぼくが愛情と敬意と忠誠を感じるのは、「国」のサイズではない。それは、個人であり、個人の作った作品であり、家族や、少数の親密な共同体であり、あるいは、「国」よりも遥かにおおきなサイズの共同体、その歴史やことばだ。それはぼくの考えの根本にあって揺るがない。

⑲こんなぼくの考え方は特殊だろうか。国旗や国歌が、たとえば、学校のような場所で、当然のように掲揚されたり歌われたりすることに違和感を持つことが。ちなみに、欧州の立憲君主国では、学校で国旗掲揚したり、国歌斉唱をすることはほとんどない。

⑳イギリスでは、国旗も国歌も歴史と音楽の授業で取り扱い、学校行事では掲揚もされず歌われない。オランダも、同様に学校行事で掲揚や斉唱はない。ベルギーは国旗掲揚の義務はなく、国歌は教育されていない。デンマークも行事で国歌を歌うことはほとんどない。

㉑欧州の共和国は「革命」の伝統があり、国歌と国旗を強調する国が多い。それでも、イタリアやスイスでは学校の行事として国歌を歌うことはほとんどない。学校で特段の規定がない国も多い。そもそも「国歌」は国民の慣例にまかせ、法的規定がない国が多いのだ。

㉒国旗と国歌をきわめて重く考える国がアメリカであることは論をまたない。1977年のニューヨーク連邦地裁の判決にはこう書かれている。「国歌吹奏中で、星条旗が掲揚されるとき、立とうが座っていようが、個人の自由である」。そして、国旗を焼くという行為への1989年の最高裁判決は…

㉓…「我々は国旗への冒瀆行為を罰することによって、国旗を聖化するものではない。これを罰することは、この大切な象徴が表すところの自由を損なうことになる」。ここには「国旗」や「国歌」が象徴するものへの真剣な考察がある。そして、その考察には、ぼくも頭を垂れたいと思うのだ。

㉔「国旗」や「国歌」が重要なのではない。それが象徴するものがなになのかを考えることが大切なのだとぼくは思う。ぼくは、そのことを子どもたちに伝えられたらと願っている。そして、それは、ぼくのきわめて個人的な思いなのだ。今晩はここまでです。聞いてくださってありがとう。

（2011年3月2日－3日）

入試カンニング問題と大学

〈予告編〉

①今晩は、「小説ラジオ」をやります。テーマは、京大（を含む複数大学）でのカンニング問題です。最初に言っておきますが、ぼくに、はっきりした「正解」がわかっているわけではありません。それは、これが「大学とは何か」という問題に繋がっているからです。

②ぼくにできるのは、可能な限り考えてみることだけだと思っています。今回は、特に大学教員として、さらに、大学入試に深く関わっている関係者として考えてみるつもりです。そして、この事件とある意味でよく似通ったもう一つの事件と比較をしたいと思っています。

③それは、去年の（小説の新人賞である）「文藝賞」での「インターネットを利用した『盗作』問題」です。受賞作が「盗作」であるとわかった時、出版社とぼくを含む選考委員がもっとも重視したのは、その作者が不必要なバッシングにあわぬようにすること

でした。

④今晩は、ゆっくり、足元を確かめながら、考えてゆくつもりです。では、24時にお会いしましょう。

〈本編〉

①いわゆる「京大入試問題漏洩《ろうえい》」事件が起きた時、最初にぼくが感じたのは、大学当局やマスコミに対する憤《いきどお》りに似たものだった。けれど、日がたつごとに、ぼくの思いは変わっていった。いったい、彼らを責める資格がぼくにはあるのだろうかと。

②この問題ばかりではなく「正解」を出せない、出しにくい問題はたくさんある。だから、ぼくにできるのは、どのように考えることができるか、と試みることだけだ。誰もが、自分の「正解」を押しつけようとしているように見えることが、ぼくには少し恐ろしい。

③「カンニング」問題を考えるために、ぼくは、まず「大学」とは何か、というところから考える他はないだろうと感じる。そして、それこそが、この件に関して、「正解」のない最初の問題なのだ。「大学」とは何か、という時、大きくわけて、二つの考え方が存在している。

④一つは、明治5年の「学制」発布に、「大学」の由来を置くものだ。この時、誕生した

ばかりの近代国家は、（帝国）大学を、というか東京大学を頂点とする教育制度の概観を提示した。大学は、国家有為の人材を輩出《はいしゅつ》するための機関だった。その上部（大学）は官僚や学者を、下部は「製品」を。

⑤いまもそれは変わっていない。今日のように大学が大衆化してしまえば、上位の大学が「人材」を、下位の大学は、とりかえのきく「工場製品」のような、規格品としての人間を生産することが目的だ。ここで、なにより重要なのは、ここでの「大学」は、完全に社会の一部であることだ。

⑥「完全に社会の一部」であるということは、社会と同じ価値観を持ち、社会で流通している法を、そのまま受け入れる、ということだ。と書くと、当たり前のように思える。だが、当たり前ではないのだ。なぜなら、「大学」というものを、もっと別の存在であるとする考えがあるからだ。

⑦もう一つの、「大学」に関する考え（「理念」と呼んでもいいだろう）、それは、中世ヨーロッパに発する考えだ。12世紀のボローニャ大学やパリ大学（さらに遡《さかのぼ》れば、おそらくはプラトンのアカデメイア、さらにもっと）は、「学問」の自由を求めて、ついには独自の裁判権を有するに至った。

⑧ここは大学の歴史を詳しく述べる場所ではないので、詳述しない。けれど、近代国家が

自分のために作り出した「大学」と、国家や宗教権力と対抗して、それとは別の独立した存在であろうとした「大学」、この二つの、異なった「理念」が共に存在したまま今日に至ったことは理解してほしい。

⑨たとえば、中世ヨーロッパの「大学」の「理念」を受け継ぐとは、本質的に「知」は社会常識と反することだと知ることだ。どの学問においても、先行する多数派的意見を否定することから、その学問の「革新」は行われた。「知」とは、だから、その社会の原理である多数決の否定なのだ。

⑩一つ例をあげよう。今回、問題を漏洩させた若者は、「偽計業務妨害罪」の疑いで逮捕された。そのことをある法学者は「法律的にはなんの問題もない」と書いた。ぼくは、呆れるのを通り越して、悲しかった。「法律的にはなんの問題もない」は、この社会（国家）の論理をそっくり是認することだ。

⑪彼がやったことは100％、「罪」なのだろう。だが、同じように、100％「罪」であるのに、大学においてはほとんど罰されなかった「罪」がある。「偽計業務妨害罪」によく似た、その罪は「威力業務妨害罪」だ。戦後日本の、というか、歴史上のすべての学生運動にそれは登場している。

⑫長い、大学における、学生たちの政治活動において、もっとも頻繁《ひんぱん》に行われたのがスト

ライキであり、無数の講義が「妨害」された。もちろん、あっさりと「威力業務妨害罪」だと被害届を出して、学生を逮捕させた教官もいる。しかし明白に罪であるのに、被害届を出さぬ教官も多かった。

⑬その理由もまた単純ではない。ただ、彼らは、彼らの「教育」という「業務」が、工場で自動車を作る「業務」と同じだとは考えていなかった。「妨害」もまた、そこで目指されているものが、現状への働きかけだとするなら、「教育」の一部であったかもしれないからだ。それが「大学」なのだ。

⑭確かに、教官と学生の関係、そこでの「講義」への「妨害」が、社会的に「罪」であったとしても、今回のようにまだ大学へも入っていない学生が「入試」で犯した過ちは、「罪」ではないのか。これが、社会的には「罪」であることは、もう述べた。だが、ぼくには、彼を責める気になれない。

⑮それは、現行の「大学入試制度」が、あまりにもお粗末だからだ。「社会」そのものである「大学」、そして、ある種の理想である、「知」を追求する場所としての「大学」、その両方をジキルとハイドのように持つ現実の「大学」が行う入試は、「知」とはなんの関係もない。

⑯機械のようになんでも覚え、この受験というゲームのルールを知っている者が勝つシス

テムであり、「人材」と「製品」を必要としている社会の役には立つかもしれないが、根本からものを考えるという、もう一つの「大学」の理念とはなんの関係もないシステムなのだ。

⑰ぼくは、大学で、入試に深く関わっていて、それ故、内心忸怩《じくじ》たるものがある。カンニングをなくし、知的好奇心にあふれた学生を受け止める試験方法はある。解答するのに3時間はかかる論文を二つ書かせ、その上で、半日ぐらい面接をすればいい。だが、そんなことはできないし、やらない。

⑱いまも「できるだけ勉強せず、とにかく要領よくやって、高い点だけとればいい」という入試を、ぼくたちは行いつづけている。「カンニングをするな」といいながら、実質的には「カンニングを誘発する」入試が続けられている。関係者として、ぼくも同罪だ。彼を追い込んだのはぼくたちだ。

⑲去年、「文藝賞」という、小説の新人賞で、いったん、「受賞作」と決まった作品が、その後、根本的なアイデアをインターネットから無断でもってきたことが判明して、受賞を取り消される、ということがあった。その賞をバックアップしている出版社にとっては、大きな痛手だった。

⑳その賞の作品は、その出版社にとってもっとも売れるコンテンツだったからだ。その作

品がなければ、他の作品が受賞していただろう。だが、(多くの場合)文学の賞で「繰り上がり当選」はない。出版社は(正確に計算することなど不可能だが)、もしかしたら億単位の損失を出した。

㉑この賞をとることに、全知全能を懸けていた他の候補者も深く傷ついた。だが、最初にも言ったように、出版社も、ぼくたち選考委員も、なにより、その(「盗作」した)作者の情報が漏れ、彼がバッシングにあわぬことを第一に考えた。それは、状況がどのようなものであっても、……

㉒…たとえば、印刷後、事実が判明し本をすべて回収するような事態でも、あるいは、あまりに巧妙で、警察の手を借りなければ事実がわからないといった事態でも、被害届を出したりはしなかっただろう。それは、どのようなことをしたとしても、彼は若く、文学に関わりたかっただろうから。

㉓だから、ぼくたち、事件に直面したものの気持ちを、言い表すなら、こうなるかもしれない。「彼は、ほんとうに小説家になりたかったのだ。間違ったやり方ではあったけれど」

㉔ぼくが、決して同じ論理で扱えない文学の話をここでするのは、この一言が言いたかったからだ。「文学」は深く「教育」にも似ている。おそらく、そのせいもあって、ぼく

は小説を書きながら、大学でも教えている。19歳の青年が逮捕されたというニュースを見ながら、ぼくは、こう思った。

㉕「彼は、ほんとうに大学に入りたかったのだ、間違ったやり方ではあったけれど」。この社会が「寛容《かんよう》」を失おうとしているのなら、「大学」は「寛容」を失ってはならない。それは、「大学」が存在している重要な理由の一つではなかったろうか。

㉖もし同じ事件が、ぼくの大学であったら、「たったひとりの混乱した受験生の起こした事件である可能性がある以上、歯を食いしばっても、警察に被害届を出してはならない」とぼくは言うだろう。それが受け入れられないなら、ぼくは大学を去らねばならない。

㉗ぼくは、ぼくの教え子たちに嘘をつきたくはないからだ。「寛容」を、それから、あらゆる可能性を考えること。それが「大学」だ。19歳の彼に、彼が入ろうとした大学はどんな風に見えただろうか。ぼくの考えたことは頓珍漢《とんちんかん》なのかもしれない。だが、ぼくは、こう思った。それだけだ。

㉘今晩は、ここまでです。ずっと、聴いてくれて、ありがとう。

（2011年3月6日－7日）

「祝辞」──「正しさ」について

〈予告編〉

①今夜は、「小説ラジオ」をやります。最近フォローされた方はご存じないかもしれませんが、一つのテーマでの連続ツイートです。長い時には、2時間近く続くので、フォローを解除されてもけっこうです。

②土曜日は、ぼくが勤めている大学の卒業式がある日でした。しかし、「非常時」のため、卒業式はなくなりました。けれども、その日、学生の3分の2ほどは、少々、着飾って、卒業式のない学校に集まったのでした。行くあてもなく、学内を彷徨する学生たちは難民のようでした。

③結局、学生たちは、いつしか学内のホールに集まり、予定されたプランのない「卒業式」のようなものを行ったのでした。ぼくは、その場所へ「祝辞」を書いて持って行きました。けれど、ひどい風邪で声が出ず、またいささか長かったので、それを朗読することはありませんでした。

④今晩の小説ラジオは、そこで朗読するつもりだった「祝辞」です。それは、卒業式ができなかった学生諸君すべてへ贈ることばでもあります。タイトルは「『正しさ』について」です。では、あと2時間後、午前0時にお会いしましょう。

〈本編〉

①今年、明治学院大学国際学部を卒業されたみなさんに、予定されていた卒業式はありませんでした。代わりに、祝辞のみを贈らせていただきます。

②いまから42年前、わたしが大学に入学した頃、日本中のほとんどの大学は学生の手によって封鎖《ふうさ》されていて、入学式はありませんでした。それから8年後、わたしのところに大学から「満期除籍」の通知が来ました。それが、わたしの「卒業式」でした。

③ですから、わたしは、大学に関して、「正式」には「入学式」も「卒業式」も経験していません。けれど、そのことは、わたしにとって大きな財産になったのです。

④あなたたちに、「公」の「卒業式」はありません。それは、特別な経験になることでしょう。あなたたちが生まれた1988年は、昭和の最後の年でした。翌年、戦争と、そしてそこからの復興と繁栄の時代であった昭和は終わり、それからずっと、なにもかもが緩やかに後退してゆきました。

⑤そして、あなたたちは、大学を卒業する時、すべてを決定的に終わらせる事件に遭遇《そうぐう》したのです。おそらく、あなたたちは「時代の子」として生まれたのですね。わたしは、いま、あなたたちに、希望を語ることができません。あなたたちは、困難な日々を過ごすことになるでしょう。

⑥あなたたちの中には、いまも就職活動をしている者もいます。仮に就職できたとして、その会社がいつまでも続く保証はありません。かつて大学生はエリートとされていました。残念ながら、あなたたちはもはやエリートではありません。この社会に生きる大多数の人たちと同じ立場なのです。

⑦だからこそ、あなたたちの生き方が、実は、この社会を構成する人たちみんなの生き方にも通じていることを知ってください。わたしは、この学校に着任して6年、知識ではなく、あなたたちに「考える」力を持ってもらえるよう努力してきました。

⑧その力だけが、あなたたちを強くし、この社会で生き抜くことを可能にすると信じてきたからです。あなたたちは、十分に学びましたか？　だったら、その力を発揮してください。まだ、足りないと思っていますか？　では、社会に出てからも、努力し続けてください。

⑨あなたたちの顔を見る最後の機会に、一つだけ話したいことがあります。それは「正し

さ」についてです。あなたたちは、途方もなく大きな災害に遭遇しました。確かに、あなたたちは、直接、津波に巻き込まれたわけでもなく、原子力発電所から出る炎や煙から逃げてきたわけでもありません。

⑩けれど、ほんとうのところ、あなたたちはすっかり巻き込まれているのです。なぜ、あなたたちは「卒業式」ができないのでしょう。それは、「非常時」には「卒業式」をしないことが「正しい」といわれているからです。でも、あなたたちは納得していませんね。

⑪どうして、あなたたちは、今日、卒業式もないのに、少し着飾って、学校に集まったのでしょう。あなたたちの中には、少なからず疑問が渦巻いています。その疑問に答えることが、あなたたちの教師として、わたしにできる最後の役割です。

⑫いま「正しさ」への同調圧力が、かつてないほど大きくなっています。凄惨《せいさん》な悲劇を目の前にして、多くの人たちが、連帯や希望を熱く語ります。それは、確かに「正しい」のです。しかし、この社会の全員が、同じ感情を共有しているわけではありません。

⑬ある人にとっては、どんな事件も心にさざ波を起こすだけであり、ある人にとっては、いま、そんなものは見たくもない現実であるかもしれません。しかし、その人たちは、いま、それをうまく発言することができません。なぜなら、彼らには、「正しさ」がないから

です。

⑭幾人《いくにん》かの教え子は、「なにかをしなければならないのだけれど、なにをしていいのかわからない」と訴えました。だから、わたしは「慌てないで。心の底からやりたいと思えることだけをやりなさい」と答えました。彼らは、「正しさ」への同調圧力に押しつぶされそうになっていたのです。

⑮わたしは、二つのことを、あなたたちに言いたいと思っています。一つは、これが特殊な事件ではないということです。幸いなことに、わたしは、あなたたちよりずっと年上で、だから、たくさんの本を読み、まったく同じことが、繰り返し起こったことを知っています。

⑯明治の戦争でも、昭和の戦争が始まった頃にも、それが終わって民主主義の世界に変わった時にも、今回と同じことが起こり、人々は今回と同じように、時には美しいことばで、「不謹慎」や「非国民」や「反動」を排撃《はいげき》し、「正しさ」への同調を熱狂的に主張したのです。

⑰「正しさ」の中身は変わります。けれど、「正しさ」のあり方に、変わりはありません。気をつけてください。「不正」への抵抗は、じつは簡単です。けれど、「正しさ」に抵抗することは、ひどく難しいのです。

⑱二つ目は、わたしが今回しようとしていることです。わたしは、一つだけ、いつもと異なったことをするつもりです。それは、自分にとって大きな負担となる金額を寄付する、というものです。それ以外は、ふだんと変わらぬよう過ごすつもりです。けれど、誤解しないでください。

⑲わたしは「正しい」から寄付をするのではありません。わたしはただ寄付をするだけで、偶然、それが、現在の「正しさ」に一致しているだけなのです。「正しい」という理由で、なにかをするべきではありません。「正しさ」への同調圧力によって、「正しい」ことをするべきではありません。

⑳あなたたちが、心の底からやろうと思うことが、結果として、「正しさ」と合致する。それでいいのです。もし、あなたが、どうしても、積極的に、「正しい」ことを、する気になれないとしたら、それでもかまわないのです。

㉑いいですか、わたしが負担となる金額を寄付するのは、いま、それを心からはすることができないあなたたちの分も入っているからです。30年前のわたしなら、なにもしなかったでしょう。いま、わたしが、それをするのは、考えが変わったからではありません。ただ「時期」が来たからです。

㉒あなたたちには、いま、なにかをしなければならない理由はありません。その「時期」

が来たら、なにかをしてください。その時は、できるなら、納得ができず、同調圧力で心が折れそうになっている、もっと若い人たちの分も、してあげてください。共同体の意味はそこにしかありません。

㉓「正しさ」とは「公」のことです。「公」は間違いを知りません。けれど、わたしたちはいつも間違います。しかし、間違いの他に、わたしたちを成長させてくれるものはないのです。いま、あなたたちが、迷っているのは、「公」と「私」に関する、永遠の問いなのです。

㉔最後に、あなたたちに感謝のことばを捧げたいと思います。あなたたちを教えることは、わたしにとって大きな経験でした。あなたたちがわたしから得たものより、わたしがあなたたちから得たものの方がずっと大きかったのです。ほんとうに、ありがとう。

㉕あなたたちの前には、あなたたちの、ほんとうの戦場が広がっています。あなたを襲う「津波」や「地震」と、戦ってください。挫《くじ》けずに。さようなら。善《よ》い人生を。

（2011年3月20日—21日）

おれは、がんばらない

〈予告編〉

①しばらく、「小説ラジオ」は、お休みしている。理由は、いくつかある。第一の理由は、『恋する原発』というとんでもない書き下ろし小説を書いているので、それが終わるまで、気持ちに余裕がないからだ。その他もろもろあるのだが、それは略。でも、ぼちぼち再開の準備はしたい。

②というわけで、今夜0時から、「午前0時の小説ラジオ」をやります。テーマは内緒。では、後ほど。

〈本編〉

①タイトルをつけなきゃならない。とりあえず、「おれは、がんばらない」ということでスタート。

②今年小学校1年生になったれんちゃんが、週末、へんなものを学校から持ち帰った。4

種類の紙というかシートだ。それを見て、気の短い奥さんは憤激《ふんげき》し、おれは困惑した。そして、そんなものを押しつけられた、現場の先生に心から同情したのである。

③それは、簡単にいうと、子どもたちに節電させようというシートなのだが、中身がなかなか強烈だ。おそらく、全国の公立校で、同じようなものが一斉に配られていると思う。読んで卒倒しないように（笑）。

④ここからは、シートの中身の説明が、長く続くので、我慢してください。まずは「東京都教育委員会」制作の2種類。タイトルは「『〝がんばろう日本〟節電アクション月間』への協力のお願い」。7・8・9月の3カ月、子どもたちを「節電アクション」に参加させせろというお願いだ。

⑤その内容は「10日を区切りとして、3カ月間にわたり9つの期間で、節電のための行動の計画を立て（1日・11日・21日）、行動を振り返り（10日・20日・30日又は31日）ながら、節電に取り組んでいきます」ということだ。そのためのチェックシートが2枚目になる。

⑥で、そのチェックシート（小学生用）には、まず「私の目標」を書かなければならない。節電のためにできる10個のこと（冷房の設定温度を高めにするとか）が、どの程度できたかを、「がんばれた（◎）」「まあまあがんばれた（○）」「もう少しだった（△）」に分

け、…

⑦…10日ごとにすべて記入しなければならない。そして、最後に◎や○の数を「数えてみましょう!」となるのである。もちろん、毎月の反省や、「どうして節電するのか、あなたの考え」を書いてみたり、もっと節電のやり方がないかも考えなきゃならない。

⑧とりあえず、おれの感想は後にして、まだ2種類、紙が残っている。これは、なんと「経済産業省　資源エネルギー庁」制作の「こども　節電学習テキスト(低学年用)」と「なつやすみ せつでん チャレンジシート」という実行書なのだ。

⑨テキストは7頁もある大作で、いえにどれだけ電気をつかうものがあるか、ていでんがおこったらどんなにたいへんか、だからみんなで節電しなければならないということが、延々と書いてある。そして、真打ちが、最後の「せつでん チャレンジシート」ということになる。

⑩チャレンジシートも、さっきのチェックシートと似たりよったりで、さまざまな「せつでんメニュー」を提示するのだが、こちらは「保護者」に「子どもたちと一緒に節電メニュー」を作り、それができた日には、全部書き上げるよう指令している。

⑪そしてさいごに「せつでん　ミニさくぶんを　かいて　おくろう」という項目がある。「わがやの　せつでんを　やってみた　かんそうを　100もじていどで　かい」た感

想文を、クラス単位、学校単位で送ると、感謝状が来るのだそうだ。

⑫この4種類の紙を受け取ったおれの感想は、「あんたたちに、生活指導される筋合いなんかねえよ」というものだ。

⑬だいたい、おれの家の節電基準は、このへんてこな「節電シート」の基準よりぜんぜん厳しい。しかも、3月11日以前からそう！　だいたい、明るいと落ち着かないから（笑）、部屋でも読書灯しかつけないし、エアコンの風はなんか気持ち悪いから、基本つけたくないし。

⑭エアコンつけなくて暑くて汗かくのが健康にいいぞと子どもたちにはいってある。汗かいたらシャワーの水かけでOKだ。節電だけじゃない。ごはんを食べる時には「お百《ひゃく》姓《しょう》さんが苦労して作ったものだから、残しちゃダメ」と、両親からいわれたのと同じことをいってるし。

⑮だからといって、おれの家の基準が正しいなどといってるわけじゃない。どの家にもその家の基準があり、方針があり、事情があるんだ。みんなに一様に「チェックシート」を配って、チェックなんかすることないんだよ。余計なお世話だ。

⑯この変な発想は、「国のいうことを黙って聞け」ということらしい。たとえば、大凶作があって、米の生産が3分の1になったら「節米アクション月間」を採用され、「どれ

だけみなさんのおうちでは、おこめをたべないようにしたかチェックしてください」となるってことじゃん。

⑰なにかを節約し、なにかを倹約し、でも、なにかは、貧しくても潤沢に使う。それは、その家や個人の才覚でやることで、いちいち国が口出しすることじゃない。ってゆーか、そんなことに、うちの子どもを勝手に、巻き込まないでほしい。

⑱ちなみに、このシートには「子供たちが、単に行動するだけでなく、節電について考える場面を設定しています。子供たちが深く考えられるよう、アドバイスをお願いします」。いいねえ、「深く考える」のは。でも、どんなアドバイスが必要なのか、情報はなに一つ書かれていない。

⑲おれは目を皿のようにして、この4枚の指令書のどこかに、今回の事態についての説明がないか探してみた。おそらく、唯一の説明が「エネルギー庁」版の、以下の箇所だ。

⑳「へいせい23ねん　3がつ11にちの　おおきなじしんで「でんき」をつくる　ところがたくさん こわれました。このままでは　みんなが　つかう「でんき」が　たりなくなって　しまいます。「でんき」を　たいせつにつかう　せつでんが　いま　だいじなのです。」

㉑子どもに「深く考え」させたいなら、ほんとうに電力が（どのくらい）足りないのか、

なぜこんなことになってしまったのか、を考えてもらうしかあるまい。変なシートに◎や○をつけるのが「考える」ことに繋がるとは、おれには思えないのだ。
㉒ほんとうのところ、なにが正しいのか、おれにもわからない。なのに、子どもにアドバイスなんかできるわけないじゃん。なので、おれは先月から、独学で、勉強を始めた。笑わないでほしいが、原子力工学とエネルギー論だ。エアコンつけずにね。
㉓どちらもひどいが、とりわけ「エネルギー庁」の「節電学習テキスト」、自分たちが当事者であると一言も書かないまま、「ていでんがおこったらどうなるの？」と（子どもごころに）恐怖をあおるような書き方だ。うちのれんちゃんに、変なことを吹き込まないでくれ。
㉔どんなお化けより、この夏休みの節電シート、チャレンジシートがこわかったぜ。学校で節電なんか教えてくれなくてけっこうです。というか、そんなものを、先生たちに押しつけるなよ。以上。
㉕冷静に考えると、この「チェックシート」や「チャレンジシート」を出さないと、れんちゃんがクラスで除け者にされる可能性があるわけです。それってあんまりじゃないかね。頭、痛いです。

（2011年7月2日－3日）

公的と私的

〈予告編〉

①さて、今日は久しぶりに「午前0時の小説ラジオ」をやろうかと思います。だんだん間隔が空いて、月に1度か2度ぐらいになってますが、秋になって少し元気になってきたので、なんとか週1ぐらいではやりたいと思っています。考えたいことはいくらでもあるので。

②この間が「反小沢」、ついこの間は「尖閣《せんかく》」問題で「反中国」、怒濤のような感情の波が間欠的に押し寄せます。ずいぶん感情的な国民なんだなあと思います。なににいらだっているのでしょう。でも、今日はそれを直接考えるのではなく、「公」と「私」について考えてみたいと思います。

③「新しい公共」というようなことばも、少しの間だけど使われていました。でも、ほんとうのところ「公共」って何を意味しているんだろう。それがわからないと、その反対の「私（的）」のこともわからないのかもしれない。今晩はそのあたりのことを考えた

いと思います。では、24時に。

〈本編〉

①「尖閣諸島」問題（中国にとっては「釣魚島《ちょうぎょとう》」問題）でマスコミに「売国《ばいこく》」の文字が躍った。「尖閣諸島はわが国固有の領土」といってる首相が「売国奴」と呼ばれるのだから、「中国のいってることにも理はある」といったらどう呼ばれるのだろう。非国民？

②「尖閣」諸島はもともと台湾に付属する島々で、日清戦争後のどさくさに紛れて、下関条約で割譲されることになった台湾の傍だからと、日本が勝手に領有を宣言した、という考え方がある。だとするなら、台湾を返却したなら、「尖閣」も返却するのが筋、というのも無茶な理屈じゃない。

③というか、領土問題は「国民国家」につきまとう「不治の病」だ。日本も中国も、同じ病気なのだ。国家は病気（狂気）でいることがふつうの状態なのである。国民は、頭のイカレた国家に従う必要はない。正気でいればいいのだ。だが、今日したいのはその話ではない。関係はあるけれど。

④「尖閣」問題のような、あるいは、「愛国」や「売国」というようなことばが飛び交う問題が出てくると、ぼくは、いつも「公と私」はどう区別すればいいのだろうか、とよく

思う。「公共」ということばを使う時にも、自分で意味がわかっているんだろうかと思う。そのことを考えてみたい。

⑤この問題について、おそらくもっとも優れたヒントになる一節が、カントの「啓蒙《けいもう》とは何か」という、短いパンフレットの中にある。それは「理性の公的な利用と私的な利用」という部分で、カントはこんな風に書いている。「どこでも自由は制約されている。しかし啓蒙を妨げているのは、…」

⑥「…どのような制約だろうか。そしてどのような制約であれば、啓蒙を妨げることなく、むしろ促進することができるのだろうか。この問いにはこう答えよう。人間の理性の公的な利用はつねに自由でなければならない。理性の公的な利用だけが、人間に啓蒙をもたらすことができるのである。…」

⑦「…これにたいして理性の私的な利用はきわめて厳しく制約されることもあるが、これを制約しても啓蒙の進展がとくに妨げられるわけではない。／さて、理性の公的な利用とはどのようなものだろうか。それはある人が学者として、読者であるすべての公衆の前で、みずからの理性を行使する…」

⑧「…ことである。そして理性の私的な利用とは、ある人が市民としての地位または官職についている者として、理性を行使することである。公的な利害がかかわる多くの業務

では、公務員がひたすら受動的にふるまう仕組みが必要なことが多い。それは政府のうちに人為的に意見を一致させて、…」

⑨「…公共の目的を推進するか、少なくともこうした公共の目的の実現が妨げられないようにする必要があるからだ。この場合にはもちろん議論することは許されず、服従しなければならない。」

⑩ここでカントはおそろしく変なことをいっている。カントが書いたものの中でも批判されることがもっとも多い箇所だ。要するに、カントによれば、「役人や政治家が語っている公的な事柄」は「私的」であり、学者が「私的」に書いている論文こそ「公的」だというのである。

⑪ぼくも変だと思う。実はこの夏、しばらく、ぼくはこのことをずっと考えていた。そして、結局、カントはものすごく原理的なことをいおうとしたのではないかと思うようになったのだ。たとえば、こういうことだ。日本の首相（菅《かん》さん）が「尖閣諸島はわが国固有の領土だ」という。

⑫その場合、首相（菅さん）は、ほんとうにそう思ってしゃべったのだろうか。あるいは、真剣に「自分の頭」で考えて、そうしゃべったのだろうか。そうではないことは明白だ。首相は「その役職」あるいは「日本の首相」にふさわしい発言をしただけなのである。

⑬自民党や民主党や共産党や公明党やみんなの党の議員が、政治的な問題について発言する。それが「問題」になって謝ったりする。その時、基準になるのは、彼らの個人的な意見ではない。「党の見解」「党員の立場」だ。それらを指して、カントは「私的」と呼んだのである。

⑭国家や戦争について話をするから自動的に「公的」や「公共的」になるわけではない。しかし、それを「私的」と呼ぶのはなぜなのだろう。それは、その政治家たちの考えが一つの「枠組み」から出られないからだ。そして、その「枠組み」はきわめて恣意的なのである。

⑮「尖閣」問題を、日本でも中国でもない第三国の人間が見たらどう思うだろう。「そんなことどうでもいい」と思うだろう。国家を失った難民が見たらどう思うだろう。「そんなくだらないことで罵《ののし》りあって、馬鹿みたい」と思うだろう。「私的な争い」としか彼らには見えないはずだ。

⑯カントは、一つの「枠組み」を設定した上でなされる思考を、すべて「私的」であるとしたのだと思う。だから、カントは、上官の命令に従う軍人も、神のことばを仲介する牧師も、国家の未来を憂《うれ》う政治家も、みんな「私的」であり、それ故、真の啓蒙に至ることはないとしたのである。

⑰では「私的」ではない考えなどあるのだろうか。なにかを考える時、「枠組み」は必要ではないだろうか。カントの真骨頂はここからだ。「公的」であるとは、「枠組み」などなく考えることだ。そして、一つだけ「公的」である「枠組み」が存在している。それは「人間」であることだ。

⑱「啓蒙とは何か」の冒頭にはこう書いてある。「啓蒙とは何か。それは人間が、みずから招いた未成年の状態から抜けでることだ。未成年の状態とは、他人の指示を仰がなければ自分の理性を使うことができないということである。人間が未成年の状態にあるのは、理性がないからではなく、…」

⑲「…他人の指示を仰がないと、自分の理性を使う決意も勇気ももてないからなのだ。だから人間はみずからの責任において、未成年の状態にとどまっていることになる。」

⑳「自分の頭で」「いかなる枠組みからも自由に」考えることの反対に「他人の指示を仰ぐ」ことがある。カントは別の箇所で「考えるという面倒な仕事は、他人がひきうけてくれる」とも書いた。それは、既成の「枠組み」に従って考えることだ。それが「公的」と「私的」との違いなのである。

㉑国家や政治や戦争について考えるから「公的」なのではない、実はその逆だ。それが典型的に現れるのが領土問題なのである。「日本人だから尖閣諸島は日本の領土だと考え

ろ」と「枠組み」は指示する。同じように「中国人だから釣魚島は中国領だと考えろ」と別の枠組みも指示する。

㉒もちろん、ぼくたちは、思考の「枠組み」から自由ではないだろうし、いつも「人間」という原理に立ち戻れるわけでもないだろう。知らず知らずのうちに、なんらかの「私的」な「枠組み」で考えている自分に気づくはずなのだ。「公」に至る道は決して広くはないのである。

㉓最後に少し前に出会ったエピソードを一つ。深夜、酒場で友人と小さな声で領土問題について話していた。あんなものいらないよ、と。すると、からんできた男がいた。男はぼくにいった。「おまえには愛国心がないのか。中国が攻めてきた時、おまえはどうする。おれは命を捨てる覚悟がある」

㉔だからぼくはこう答えた。「ぼくには、家族のために投げだす命はあるが、国のために投げ出す命なんかないよ。あんたは、領土問題が出てきて、急にどこかと戦う気になったようだが、ぼくは、ずっと家族を守るために戦ってる。あんたもぼくも『私的』になにかを大切に思っているだけだ。…」

㉕「…あんたとぼくの違いは、ぼくは、ぼくの『私的』な好みを他人に押しつけようとは思わないことだ。あんた、愛国心が好きなようだが、自分の趣味を他人に押しつけるな

よ。うざいぜ」

㉖ぼくも酔っぱらうとこういうことをいうんだなと思いました。訂正はしません。以上です。ご静聴ありがとう。

（2011年10月10日－11日）

ぼくたちの間を分かつ分断線

〈予告編〉

①今晩0時から、久しぶりに「午前0時の小説ラジオ」をやりますね。ご無沙汰《ぶさた》していたので、知らないフォロワーの方も多そうなので、ひとこと。0時からの、テーマを一つ決めての、連投ツイートです。いつも、1時間弱かかりました。

②今晩だけではなく、しばらく、断続的に続ける予定です。今夜は『あの日』から考えてきたこと」の（1）。「あの日」から、いろいろなことを考えてきました。そのうちのいくつかを、みなさんと考えてみたいと思っています。

③そして、今晩は「ぼくたちの間を分かつ分断線」というタイトルでやりたいと思っています。「あの日」から、ぼくたちは、たくさんの、目に見える、あるいは、目に見えない線で分けられてしまったような気がします。その線が何なのか、考えるつもりです。

④たとえば、「原発推進」派と「反・脱原発」派。でも、その分断線はわかりやすいかもしれない。「反・脱原発」派の中にだって、それ以上に深い亀裂《きれつ》がある。そんなことを

考えてみたいと思っています。では、後ほど。

⑤即興ですので、詰まったり、途中で終わってしまうことがあるかもしれませんが、その際はお許しください。そして、みなさんもそれぞれの場所で考えてくださると嬉しいです。

〈本編〉

①「あの日」から、ぼくたちの間には、いくつもの「分断線」が引かれている。そして、その「分断線」によって、ぼくたちは分けられている。それから、その線の向こう側にいる人たちへの敵意に苛《さいな》まれるようになった。それらの「分断線」は、もともとあったものなのかもしれないのだけれど。

②大きく分かれた線がある。細かい線もたくさんある。はっきり見える線もある。けれどもほとんど見えない線もある。わかりやすいのは、「反・脱原発」派とそれに反対する人たちの間に引かれた線だ。そこには激しい応酬がある。それから、はっきりした敵意もまた、存在している。

③細かい線と見えにくい線はたくさんあって判別が難しい。だから、一つだけ指摘しよう。それは「あの日」の後生まれた線であり、「あの日」以降の行動の指針をめぐる線だ。

つまり、津波や震災で直接被害を被った東北への支援に重点を置く人と、原発に関わる問題に重点を置く人たちの間の線だ。

④もちろん、両方に関わる人も多い。それから「東北」派と「原発問題」派の間に表立った応酬はない。だが、この両者の間には、深い、対立の気分が内蔵されている。誤解を恐れずにいうなら「いまはそっちじゃないだろう」「優先されるのはこっちだろう」といういらだちの感情だ。

⑤本来、誰よりも共に戦うべき人たちの間に引かれてしまう、見えない線がある。見える線を挟んでの応酬は、どれほど厳しいことばが行き交っても、ある意味で健康だ。誰と誰が対立しているのかは明らかだからだ。だが、見えない線を挟む沈黙の応酬は暗い。無言の嫌悪《けんお》の視線がそこにはある。

⑥その分断線は、誰が引いたのか。ぼくたちが自分の手で引いたのだ。その、いったん引かれた分断線は、二度と消えることがないのだろうか。分断線を越えること、分断線を消すことは不可能なのだろうか。自分が引いた分断線から、ぼくたちは出ることができないのだろうか。

⑦ツイッターは、分断線を挟んだことばの応酬に適したメディアだ。敵はすぐに見つかる。そして、見つけた敵に憎しみのことばを投げかける。なぜ、そんなことをするのかと訊

ねると、「いや相手を説得しようとしているだけだ」「大切なのは議論なんだ」という答が返ってくることも多い。

⑧ぼくは長い間ずっと、どうして、対立する者たちの間で、豊かな対話が成り立たないのかと思ってきた。少なくとも、表面的には、誰も、対話を拒否してはいないのだから。熟議や論争によって、新しい解決策が見いだせるかもしれない、とぼくは思ってきたのだ。

⑨こんな文章を読んだ。「人間は説得されて変わることはありません」。その通りだと思う。そして、ぼくは考えてみた。ぼくは、半世紀近く多くのものを見たり、読んだりしてきた。その中に「説得されて、もしくは批判を受けいれて、それまで培ってきた自分の考えを改めた人」がいただろうかと。

⑩ぼくの記憶に残っているのは一人だけだ（あとの例はすべておぼろだ）。哲学者の鶴見《つるみ》俊輔《しゅんすけ》さんだ。鶴見さんは、自分への本質的な批判に、あらん限りの誠実さで向かい合い、間違いを認めると、態度と考えを、その批判者の前で改めたのである。

⑪「説得されて変わる」ためには、おそらく、次の条件を必要としている。（1）相手の批判を完全に理解できている。（2）問題になっている事柄について完全に理解できている。その上で（3）自分のプライドやアイデンティティーより、真実の方が大事だと思

っている、こと。

⑫だから、「説得されて変わる」ためには、恐ろしいほどの能力を必要とする。（1）や（2）の条件が充《み》たされたとしても、ぼくも（3）だけはクリアできないかもしれない。人は自分の間違いだけは認めたくないのだ。間違っているとわかっても、間違いを認めることは、自分を否定することに他ならないから。

⑬ぼくは、長い間、鶴見俊輔の読者として、彼が、彼に鋭い批判が向けられると、反論ではなく、その批判を深く理解しようと努める姿を、不思議なものを見るような視線で見つめてきた。彼は、彼が深く影響を受けたプラグマティズムというアメリカの哲学について、こんなことをいっている。

⑭プラグマティズムは南北戦争の焦土《しょうど》の中から生まれた。「自分たちは正しい」という二つの主張のぶつかり合いが無数の死者を作り出した。だから、一群の人たちは、対立ではなく、自分の正しさを主張するのでもなく、世界を一歩でも良きものとする論理を生み出そうとしたのである。

⑮対立するものを打ち壊す思想が、「生」を主張しながら、実は「死」に魅《ひ》かれているとしたら、プラグマティズムこそ、否定ではなく「生」を主張しようとしたのである。

⑯だから、鶴見俊輔の「説得を受け入れて変わる」姿は、「洗脳」とも違う。「洗脳」は、

過去の自分をすべて捨て去る。けれど、「説得を受け入れて変わる」鶴見俊輔の姿の中には、過去の自分がすべて入っている。なぜ変わるのか。否定するためでない。より豊かになるためなのだ。

⑰なぜぼくたちは、「説得を受け入れて変わる」ことを恐れるのだろう。相手が自分と違う意見を主張すると、なぜ胸がざわつき、躍起《やっき》になって否定しようとするのだろう。それは、ほんとうは、ぼくたちは他人が怖いからだ。自分と違う意見の人間がいることに恐れを抱いているからだ。

⑱「説得を受け入れて変わる」鶴見さんの世界は、逆だ。それは「自分と違った考えの人間がいて良かった」という思想だ。人間は孤独であり、それ故、自分以外の他者を必要としている。だから、異なった意見の人間の批判を、鶴見さんは喜んで受け入れる。世界に必要なものは多様性なのだ。

⑲いま、ぼくたちは、たくさんの分断線を引いている。考え方の微細な違いにこだわり、分断線を増やし続けている。そして、その線の内側から、その外側にいる連中に、恐怖の、もしくは侮蔑《ぶべつ》の視線を注ぐのである。そうやって、ぼくたちは衰えてゆくのだ。

⑳正反対の考えを持つ「敵」の意見の中に、耳をかたむけるべきものが少しでもあるなら、耳をかたむけたい。仮に、相手が、こちらの意見に一切、耳をかたむけないとしても。

誰かが銃口を下ろさない限り、「戦争」は終わらないのだ。だとするなら、最初に銃口を下ろす側に、ぼくはいたいと思う。

㉑でも実際は、ぼくたちは、正反対の考えの持ち主にではなく、近い考えの持ち主との、ささやかな違いの方に、一層、苛立つ。しかし、彼らは「敵」なのだろうか。違いより、共通のものの方がずっと多いのではないだろうか。

㉒「いまは、そんなことをやるべきではない。こっちの方が大事だろ」ではなく「きみは、それをやるのか。ぼくは、こっちをやるから、別々に頑張ろう」といえるようになりたい。それが、難しいことであったとしても。

㉓ぼくたちはばらばらだ。ばらばらにされてしまった。放っておくなら、もっとばらばらになるだろう。ぼくはごめんだ。やつらが引いた分断線なんか知るか。ぼくたちが自分で書いた分断線は、ぼくたちが自分で消すしかないんだ。以上です。ご静聴ありがとうございました。

（2011年10月16日−17日）

祝島で考えたこと

〈予告編〉

①1月《ひとつき》ぶりに「午前0時の小説ラジオ」をやります。少し、元気になってきたので、これから、ぼちぼち続けてやれるようにしたいと思っています。

②タイトルは「祝島《いわいしま》で考えたこと」です。ご存じの方も多いと思いますが、祝島は「中国電力・上関《かみのせき》原子力発電所」への反対運動を30年も続けている島です。ぼくは、先月、ある理由があって訪ねました。そこで感じたのは、予想とちがったものでした。

③うまく説明はできません。島を歩き、島の人たちと話しながら、ぼくは、「原発」とは関係のない、けれども、ぼくにとってひどく切実なことを考えていたのでした。そのことについて、また即興でツイートしたいと思います。それでは、後ほど、午前0時に。

〈本編〉

①山口県上関町祝島へ行った。映画『祝《ほうり》の島』や『ミツバチの羽音と地球の回転』でとり

あげられた、原発建設反対運動を30年以上続けている小さな島だ。僅《わず》か2日間の滞在、ただの通行人の感想を言いたい。ぼくはとても強い、強い印象を受けたのだ。
②祝島は「反原発運動」の聖地のようにもなっている。けれども、そこを訪れた人なら、誰でも、そこでは「原発」のことなど、小さな問題であるような気がしてくるだろう。もっとべつの、ずっと大切ななにかが、そこにはあるように、ぼくには思えた。
③反対運動が始まった30年前の島の人口は1100人。そして、いまの人口は470人程度。島は毎年、25人程度ずつ、人口を減らしてきた。日本の「地方」と呼ばれる場所なら、どこにでもある、「滅び」への道をまっすぐ歩む「過疎《かそ》」の村だ。でも、この「滅び」は、なんだか明るい。
④30年続く、毎週月曜午後6時半からの「反原発デモ」。参加するのは、7、80人ぐらい。70代以上のおばあさんばかりが目につく。高齢化が進み、デモの距離も時間も短くなった。ざっと25分。狭く入り組んだ、家と家の間の、街灯なんかなく真っ暗な細い道を、老人ばかりのデモ隊が行く。
⑤デモをしながらおばあさんたちは世間話に花を咲かせる。「今日の晩御飯、なに?」「腰が痛くて痛くて涙がでるわ」「××さん、休み? どこか悪いん?」、そして、時折思い出したようにシュプレヒコールをあげる。「故郷の海を汚させないぞ!」。そしてまた

「あっ、テレビつけっぱなしや！」

⑥デモコースは決まっているので、家の軒先《のきさき》からエプロン姿に鉢巻きをしたおばあさんが、手を拭きながら飛び出してくる。「ちょっと待ってえ、掃除しとったから」というと、別のおばあさんがデモの隊列を抜け出して、「お米炊《た》かなきゃ」といいながら、家の中に入って行く。

⑦祝島のデモは次の三つの場合、中止になる。（1）雨の時（老人にはつらいから）、（2）風が強い時（老人にはつらいから）、（3）参加者やその家族に不幸があった時（老人が多いから）。これが、この島の「デモ」だ。

⑧時々は、原発建設を目指す中国電力の本社がある広島まで出かけてデモをすることがある。その時、リーダーの藤本さんが「デモ申請」の他にしなきゃならない仕事は、おばあさんたちがデモの帰りに買い物をする百貨店やショッピングセンターのレジを臨時に増やしてもらうことだ。

⑨帰りのフェリーの時間が決まっているので、デモから買い物へと流れるようにスケジュールを組む必要がある。娯楽の少ない島のおばあさんにとって、広島でのデモの帰りの買い物は大きな楽しみなのだった。

⑩血を流すような激しい場面もあった。10億という大金を積まれたこともあった。だが、

30年かけて、この島では、「デモ」というものを完全に咀嚼《そしゃく》し、自分たちの体の一部分にしてしまったのだ。いつしか、それは、この小さな社会を生きて動かしていくために必要な血管のようなものになっていた。

⑪島には独り暮らしの老人が多い。ぼくが泊まった宿の女将《おかみ》さんもそう。泊まった時、女将さんは体調を崩して寝ていた。「すいません、世話もできずで」「お構いなく」とぼくはいった。夜になると、下の階にある台所が騒がしかった。近所のおばさんたちが、晩御飯を作りに来てくれていた。

⑫弱った人、老いた人、病んでいる人のところへ、近所のだれかがやって来る。誰かから命じられたわけではない。「それが当たり前」だからだ。でも、助けに来る人も、すでに老いている。老いた人が、老いた人の手を引く、そういう共同体が、そこにはある。

⑬これはDVDで見た光景だ。78歳で独り暮らしをしながら米を作っている平さんは、毎晩、近所のやはり独り暮らしのおばあさんのところへ行ってコタツに入り、だらだらと話をする。他にも、そんな独り暮らしの老人たちが数人。声をひそめて話しながら、夜がゆっくり更けていく。

⑭いつの間にか、コタツに入ったまま寝てしまったおじいさんに、別の老人が声をかける。「風邪をひくよ。はやく、家に戻んな」。大晦日《おおみそか》には、そうやって、コタツに入ったまま

「紅白歌合戦」を見ながら、静かに新年を迎える。老人たちばかりが、ひっそりと背中を丸めて。

⑮島の南側は切り立った断崖が続く。その急な斜面に、島の人たちは蜜柑《みかん》や枇杷《びわ》を植えている。ぼくは、少しずつ登って行く村道に沿った「段々畑」の間を歩いた。どの畑でも、働いているのは、老人で、そして独りだった。蜜柑の詰まった重たい箱を横に置いて、道に座りこんでいるおじいさんがいた。

⑯おじいさんは「どこから来た？　食うか？」といって蜜柑をくれた。ぼくは、来る途中、いくつもの、耕作を放棄された畑がある理由を訊ねた。するとおじいさんは、「耕す者が亡くなると、あとを継ぐ者がいないからね」と答えた。そして「みんな、原野に戻るんだよ」と。

⑰畑の間の道を登り詰めると、その最奥、もっとも高い場所にたどり着く。そこが、平さんの「棚田《たなだ》」だ。城壁のような壁によって、何段も、高く積み上げられた田んぼがあった。それは、平さんのおじいさんが、30年かけて、山の石を切り落としながら、たったひとりで作ったものだ。

⑱三段目の田んぼは今年から耕すことをやめた。平さんにはもうそんな体力が残っていないから。遥か上には、未完の「棚田」が、まだ二段ある。でも、それが完成することは、

ない。「田んぼを継ぐ者はもういません。あとは原野になるだけです」。平さんも、同じことをいうのである。

⑲平さんのおじいさんは「子孫たちが飢えないように」と願い、後半生を田んぼ作りに費やした。平さんも、島を出た子どもや孫たちのためにいまも米を作り続ける。字の読めないおじいさんにお話を読んであげるのが、小学生の平さんの仕事だった。でも、その役目をしてくれる孫は平さんにはいない。

⑳ぼくは、ひどく不思議な気がした。ぼくの母親の故郷は同じ瀬戸内の尾道《おのみち》、その近隣の農家が、ぼくのルーツになる。90歳を超えて、なお農作業をしていた曾祖母《そうそぼ》は「ばあちゃん、なんで働くン?」と訊ねられ「曾孫《ひまご》に食べさせたいから」と答えた。ぼくはその曾孫のひとりだったのだ。

㉑父親の故郷は宮城県仙台、彼の両親は、田舎を捨て都会に出た。ぼくの両親もまた、農業や農家や田舎を嫌った人たちだった。その封建的な息苦しさに我慢できなかったからだ。彼らは、「自由」を求めて都市へ出た若者たちだった。だから、ぼくは、そんな彼らの末裔になる。

㉒祝島に来て、そこで静かに働き続ける老人たちを見て、ぼくは、ぼくが見ないようにしてきた、そこに戻ろうとは思わなかった、忘れようとしていた、曾祖母たちを思い出し

ていた。着ている服、ひび割れた手のひら、陽にやけた顔つき、人懐こさ。どれも、ぼくが知っているものだった。
㉓「帰っておいでよ」。曾祖母たちは、よくそんなことをいっていた。でも、ぼくは戻らなかった。いろんなものをよく贈ってくれた。みんな、ダサかった。だから、両親に「こんなものいらないよ」といったら怒られた。その人たちが死んだ時も戻らなかった。ぼくは、田舎を捨てたのである。
㉔だが、「田舎」を捨てたのは、ぼくだけではないだろう。都市が田舎を、中央が地方を捨ててきたのだ。晩年、母親は「最後は田舎に戻りたい」といっていた。「お金は心配しないで」とぼくはいった。母親は寂しそうだった。そんなことは問題ではなかった。戻るべき田舎は消え去っていたから。
㉕祝島は、幸福感に満ちあふれた場所だ。けれども、ぼくは、同時に、耐えられないほどの、深い後悔の気持ちに襲われ続けた。ぼくは、ただ恥ずかしかったのだ。ぼくが捨てた人たちのことを思い出さざるをえなかったから。
㉖祝島の「反原発」運動は成功するかもしれない。それでも、そう遠くない未来、この島に住む人たちはいなくなるだろう。だとするなら、こんなところには希望がない、といえるだろうか。それは、ぼくたち都会に住む者の傲慢な論理ではないのか。

㉗祝島は、みんなで手を繋いで、ゆっくり「下りて」ゆく場所だ。「上がって」ゆく生き方だけではない、そんな生き方があったことを、ぼくたちは忘れていたのだ。それは、確実に待っている「死」に向かって、威厳《いげん》にみちた態度で歩むこと、といってもいい。

㉘そこで手を繋いでいるのは老人ばかりで、でも、その内側には、守られる雛鳥《ひなどり》のように、小さな子どもたちが、ほんの少しだけ歩いている。

㉙映画『祝の島』に、全校生徒2人の小学校に、たった1人の新入生の入学式のシーンがある。そこには、たくさんのおばあさんたちも出席している。その子は「みんなの孫」なのだ。島の人たち全員によって、守られ、愛されるべき存在なのである。

㉚ぼくは結局、祝島のような場所では、生きてゆくことができないだろう。そこは、ぼくにはもう、単純すぎるし、清冽《せいれつ》すぎる。ぼくは、ぼくの知った「自由」に「汚染」されてしまっているから。けれども、この場所にいると、ぼくの中に、どうしても否定できない思いが溢れるのである。

㉛それは、ほんとうは、ずっと前から、ぼくも知っていたものだ。そして、忘れようとして、忘れずに残っていたものだ。そのことを思い出すためには、この場所が必要だったのである。

㉜世界中にそんな場所がある。若者たちはみんな「外」に出ていく。でも、残され、捨て

られてもなお、その場所に残り、出て行った者たちのことを忘れず、愛と呼ぶしかないものを贈り続ける人たちがいるのだ。
㉝ぼくはただ頭を垂れたい。なにに向かってかは、わからないにしても。以上です。今晩は、聴いていただいて、ありがとう。

（2011年12月11日－12日）

世界一素敵な学校

〈予告編〉

①今晩は。久しぶりに「小説ラジオ」をやります。今年になって1回目。間隔が空いてしまうので、毎回、説明しなきゃなりません。一つのテーマを決めての連続ツイートです。ツイートしたい、と心から思えるようなものを決めるまで時間がかかってしまいました。

②今夜は、「教育」についてです。最近、ある学校のことを知り、深い衝撃を受けました。その学校は、ぼくにとって、見たことも聞いたこともない「教育」をしていました。ほんとに、驚いたのです。

③たぶん「教育」に詳しい人なら知っているだろう、その学校は「世界一素敵な学校」と呼ばれています。そこでは、いわゆる「学校教育」らしいことはなに一つされていない。でも、それ以上の学校は存在しないようにぼくには思えたのでした。では、後ほど、午前0時に。

〈本編〉

①そんな学校は他にもある。日本にも、世界中のあちらこちらにも。ぼくたちの多くがそのことを知らないのは、たぶん、社会が知らせないようにしているから。なぜなら、そんな「ありえない」ことが可能なら、困ってしまう人たちがたくさんいるはずだから。

②ぼくは、この（これらの）学校を知り、その「教育」内容を知るにつれ、深い関心を抱いた。その理由の一つは、ぼくには、これから「教育」に向かう5歳と7歳の子どもがいるからであり、もう一つは、大学で、学生たちを「教育」しようとしているからだ。

③その学校は、アメリカ・マサチューセッツ州にあるサドベリー・バレー校。ここでは4歳から19歳までの「子ども」たちを受け入れている。日本でいうなら、「幼稚園年中組」以上から高校（もしくは大学1年）程度までだ。写真で見ると、この上なく美しい風景の中に、「校舎」がたたずんでいる。

④この学校には、カリキュラムがない。試験がないから、採点はないし、通知表もない。学年もクラスもない。いわゆる「教室」もない。当然のことだけれど、卒業証書もない。後で詳しくいうことになるかもしれないが、「先生」も「生徒」も存在しない。あるのは、子どもたちの「完全な自由」だけだ。

⑤この学校では、たとえば「問題児」が歓迎される。「彼・女」が、問題を起こすのは、

「闘い」を放棄していないと考えるからだ。その子に、反抗するだけの元気があることは、とても素晴らしいことだからだ。

⑥いちばん驚くのは、この学校では、「読み」「書き」の「授業」さえないことだ。だから、8歳になっても9歳になっても、字が読めない子さえいる。なのに、だ。この学校では重視されてはいないことだけれど、最終的に、ここを卒業した子たちの「学力」は、ふつうの学校より高い。

⑦通常の「教育」を一切しないこの学校に対して（それなのに、たいていの子どもは希望の大学に進学する）、そんな「奇跡」のようなことはあるはずがないと、「現実主義者」たちは批判してきた。けれども、最後に音《ね》をあげるのだ。なぜだかわからないが、ここではなにもかもうまくいってしまうから。

⑧「教育」はしない。けれども、子どもたちがなにかをしたい、と思った時のための「完全な準備」が、ここにはある。その「準備」は、カリキュラムに従って、「教育」を与えるだけの学校より、遥かに困難だ。実例をあげてみよう。

⑨この学校には、決まった「授業」はなにもない。だから、子どもたちはずっと、好きなことをする。ずっと釣りをしたり、ずっとゲームをしたり。でも、おとなたちはなにもいわない。ただじっと待つのである。ある日、9歳から12歳の子どもたち12人が、ひと

りの「おとな」のところにやってきた。
⑩「足し算、引き算、掛け算、割り算、算数ならその他なんでも教えてくれと頼んで来た」「本当はやる気ないいんじゃないの」「いや、本気だよ」「算数をマスターしたいんだ」。というわけで、いままで算数を習ったことのない子どもたちと「おとな」は「協定」を結ぶのである。
⑪その「協定」の中身は、☆時間を守ること。☆約束の時間に5分でも遅れたら、その日の「授業」はなし。☆それが2回続いたら、その「授業」は永遠に中止。その「協定」を守ることを誓って、「授業」が開始される。その集まりを、ここでは「クラス」と呼ぶのである。
⑫さて、その結果はというと、通常6年かかる、算数の全教程が、24週、週2回30分ずつ、トータル24時間で終了してしまう。これがいつものペースだ。そして、子どもたちは一度も約束を破らない。「彼・女」たちを教えた「おとな」は、こういうのである。（以下、『世界一素敵な学校　サドベリー・バレー物語』より）
⑬「教科それ自体は、そんなに難しくないんです。では何が算数を難しく、ほとんど不可能にしているかというと、嫌で嫌で仕方ない子どもたちの頭に、無理やり教科を詰め込んでいく、あのやり方のせいです。毎日毎日、何年もの間ずっと、少しずつハンマーで

たたき込んでいけば、…」

⑭「…さしもの子どもたちもいずれ覚えるだろう、というあの教え方です。しかし、うまく行くわけがない。だから、見てごらんなさい。この国の六年生の大半は、数学的な意味で文盲じゃないですか。結局、わたしたちがなすべきこと、それは、子どもたちが求めたとき、求めるものを与えることなのです。…」

⑮「…そうすれば、まあ、二十時間かそこらで、彼・女ら、きっとモノにしてしまいますよ」。繰り返しいうが、通常6年かかる算数の全教程を教えるのに、この学校では、20時間かそこら以上かかったことは、いままで一度もないのだ。

⑯「読み」に関する話はもっと面白い。これは、自分の子どもをここに預けた、この学校の主宰者の告白。「学校のほかの子どもたちと同様、娘が読むのを教えてくれと頼んでくるまで、あるいはまた自分で読むようになるまで、わたしたちは待ったのです。待って、待って、待って、待ったのです。…」

⑰「…ところが彼女は六歳になっても読まないのです。まあ、それも良しとしなければならないでしょう。世間並みなのですから。／が、彼女は七歳になっても読み始めません。こうなると、親としてはやはり心配です。とくに、おじいちゃん、おばあちゃん、叔父さん、叔母さんたちが不安の表情を浮かべます。」

⑱「ついに八歳にして読まず。こうなると、もはや一家、仲間うちのスキャンダルです。わたしたち夫婦は、まるで非行パパと非行ママ。『それでよく、学校やってられるわね』というわけです。娘が八歳になっても読めないのに対策もとらないで、よく学校をやってますなんていってられるわね、…」
⑲「…そんなのまともな学校じゃないよ、と非難の言葉を浴びせかけてくるのです。／でも、サドベリー・バレー校では、だれもそんなこと気にしちゃいません。たしかに、八歳になる友だちの大半は読めるようになっている。でも、まだ読めない子も何人かいるのです。そんなことなど、娘は気にもかけていません。…」
⑳「…元気いっぱい幸せに、毎日を過ごしているのです。／娘が／読みたい、読もう／と心に決めたのは九歳のときでした。どんな理由でそう決断したのか、わたしには分かりませんし、娘本人も覚えていません。間もなく、九歳と六カ月で、彼女は完璧に読めるようになりました。何でも読めるのです。…」
㉑「…もはや彼女は、だれの『心配の種』でもなくなったのです。もちろん、もともと、『問題児』でもなんでもなかったのですが。」
㉒いったい、「学校」とはなんだろうか。動物たちは、子どもを「学校」にやらなくても、きちんと子どもたちは成長して、成体になる。そして、人類もまた、誕生して以来、ほ

とんどの期間を、「学校」なしで過ごし、なんの問題もなかったのだ。

㉓現在のような「義務（強制）教育」が一般化したのは、産業革命以降の200年にもみたない期間にすぎない。それまで、「教育」はあったとしても、一部の特権階級のために「知識」を「教授」するものでしかなかったのだ。

㉔産業革命以降、「義務（強制）教育」が生まれたのは、工場で働く、「機械の一部」が必要だったからだ。それに必要なのは、きわめて不自然な「自動人間」になるためのスキルだった。そのために、どうしても必要なことがあった。それは、子どもたちの「自由な精神」を破壊することだった。

㉕「一箇所にじっと座っていたい、並んでいたい、言われた通りのことをいつもしていたいと、思い込ませなければなりません。駆けっこをするなど、もう許されません。もはや自由はないのです。したいことをしてはならない。好奇心の導くままに学ぶなんて、許されない。ただただ、厳しい規律を…」

㉖「…受け容れていればいい。誰もが同じことを、いつも必ずしている。適応しなければ、罰せられるのです」。だから、ある人は、ぼくたちが子どもを通わせている学校のことを、こう呼んだのである。「昼間子ども強制収容所」

㉗この学校の根底にあるのは、「人間には自己教育への鮮烈な欲求がある」という考え方

だ。人間には、おとなになりたい、必要なことをどうしても知りたい、という本能が埋め込まれている。「教育」とは、本来、誰もが持っているはずの、そんな「自己教育」の本能が発動するのを助けることだ。

㉘けれども、現実の「学校」は、ぼくたちが本来もっている「自己教育」の本能を忘れさせ、ただ、知識が詰め込まれるのを、口を開けて待つことしか知らない、か弱いニワトリにしてしまったのである。

㉙子どもたちを「おとな」として遇すること。子どもたちに「自分の主人は自分なんだ」と気づかせること。子どもたちに「自分の人生を自分の意思で歩ませること」。だから、この学校では、「自己責任」は、もっとも美しく、峻厳なことばでもある。だが、この学校の真の秘密は、他にある。

㉚この学校でもっとも驚くべきことは、実は、いままでに書いた「教育」の「内容」ではない。この学校の「統治」のシステムだ。この学校では、すべてが、校則も、予算も、学校運営も、「スタッフ」の採用・解雇まで「全校集会」で決められる。そこでは、おとなも子どもも同じ1票の権利があるのだ。

㉛4歳の子どもも「校長」も同じ1票。それ故、学校スタッフではなく、子どもたちの意思がもっとも優先される。この学校の「教育」を支えているのは、この、ルソー的とい

ってもいいかもしれない、ラディカルな民主主義の考え方だ。

㉜「権力や権威がもたらす恐怖――これこそが、わたしたちがこの学校から一掃しようとしたものなのです。……わたしたちは決めたのです。生徒であれ教師であれ、親であろうと訪問者であろうと、だれ一人として、人間の権威を恐れなくてすむような学校をつくろう、と。そうすれば多分…」

㉝「…年齢の違いや性差、地位、知識、出自の違いなどお構いなく、だれもが相手の目をストレートに見ることができる、と考えたのです。……アメリカは、統治のあらゆる形態がデモクラティックな国です。そういう国にあって、学校をデモクラティックに運営していくことは理に適ったこと、と…」

㉞「…わたしたちは考えました。最小の町から連邦政府レベルまで、あらゆる機構がデモクラティックなコントロールを受けるようデザインされて来たのです。／学校が何故そうであってならないのか、とわたしたちは自分自身に問いかけました。そして考えれば考えるほど、学校もまた、…」

㉟「…そうでなければならない、と思うようになったのです。／デモクラティックな学校コミュニティーの大人たちは、自分たちが享受する市民的規準と同じものを、学校生活にも適用できるはずです。子どもたちもまた、民主主義の生活を構成する諸原理、諸実

践のなかで育てられるべきでしょう。…」

㊱「…そうすることによって子どもたちは、成人に達する以前に、責任ある社会的市民性なるものを自然に身につけることが出来るのです。なにしろ、そういう生活を、学校コミュニティーのなかで毎日、経験するわけですから。」

㊲目指されていたのは、「学校」ではなかった。人間が、その可能性をもっとも発揮できると信じられる、民主主義的共同体だった。そして、その中に、その必然として、子どもたちの「学校」が、世界でもっとも素敵な、と呼ばれる学校が生まれたのだ。

㊳だから、民主主義の「核心」は、「教育」なのだ。子どもたちに、どんな「教育」を与えるかが、その共同体の民主主義の成熟度を示すことになるのかもしれない。いや、「教育」の「核心」は、実は民主主義にある、といっても同じことなのかもしれないけれど。

㊴すべてを解決する魔法の解決策などないのかもしれない。けれども、ぼくには、子どもたちのために考える義務があるように思ったのだ。以上です。一度では語り尽くせない問題でした。聞いてくださって、ありがとう。


（2012年1月16日‐17日）

おわりに

最初に、河出書房新社編集部の尾形龍太郎さんから、「『午前0時の小説ラジオ』を中心にして、本にしませんか」という話をいただいたときには、ありがたい申し出だけれど、本にはしないと決めているので、とお断りした。だが、何度か話をした後、最終的に、出版することにした。理由は、いくつもあるが、ツイッターという公道に放流した「ことば」たちと再会したい、という気持ちがいちばんだったように思う。雑誌や新聞に書いた「ことば」は残るが、ツイッターに書いた「ことば」は、流れていって、手元に残らない。もちろん、それがいちばんの魅力ではあったのだが。ツイッターの「ことば」は、即興で書かれているため、ふだんぼくが書く文章よりも、粗く、間違いも多い。けれども、明白な間違いを除けば、ほとんど修正せずに、ここに掲載している。

いま読み返してみると、その頃、ツイッターに惹《ひ》かれていたのは、そこでは、音楽家たちの即興演奏のようなことが、「ことば」でもできる、と思えたからだったのかもしれない。「ことば」よりも軽く、ずっと遠くまで飛ぶことのできる音楽は、ずっと憧れの対象だった。
企画も、構成も、本書のタイトルも、すべて尾形さんのお世話になった。彼がいなければ、この本は生まれなかっただろう。新聞、雑誌で担当していただいた、それぞれの記者、編集者のみなさん、そして、パソコンの向こう側で、ぼくの放流する「ことば」を読み、応えてくださったフォロワーのみなさんに、深く感謝します。

高橋源一郎

2021年3月6日

河出新書　029

「ことば」に殺《ころ》される前《まえ》に

二〇二一年五月三〇日　初版発行
二〇二一年六月三〇日　2刷発行

著者　高《たか》橋《はし》源《げん》一郎《いちろう》
発行者　小野寺優
発行所　株式会社河出書房新社
〒一五一－〇〇五一　東京都渋谷区千駄ヶ谷二－三二－二
電話　〇三－三四〇四－一二〇一［営業］／〇三－三四〇四－八六一一［編集］
https://www.kawade.co.jp/

マーク　tupera tupera
装幀　木庭貴信（オクターヴ）
印刷・製本　中央精版印刷株式会社

Printed in Japan　ISBN978-4-309-63126-4

そして、
みんなバカになった

橋本 治
Hashimoto Osamu

21世紀、バカの最終局面に入った日本へ。
橋本治が2000年代に残した
貴重なインタビューから、
本当の教養とは何かを学ぶ！
高橋源一郎さんによる、
書き下ろしエッセイを収録！

ISBN978-4-309-63119-6

河出新書
018

歴史という教養

片山杜秀
Katayama Morihide

正解が見えない時代、
この国を滅ぼさないための
ほんとうの教養とは——?
ビジネスパーソンも、大学生も必読!
博覧強記の思想史家が説く、
これからの「温故知新」のすすめ。

ISBN978-4-309-63103-5

河出新書
003

一億三千万人のための『論語』教室

高橋源一郎
Takahashi Genichiro

『論語』はこんなに新しくて面白い！
タカハシさんによる省略なしの
完全訳が誕生。
社会の疑問から、人間関係の悩み、
「学ぶこと」の意味から「善と悪」まで。
あらゆる「問い」に孔子センセイが答えます！

ISBN978-4-309-63112-7

河出新書
012